続 中国艶書大全

土屋 英明著

研文出版

はじめに

中国には房中（性愛）術の本がたくさんある。技巧だけでなく、心のもち方も説かれている。

古代の『老子』から始め、年代を追って近現代の『中国当代性文化（精華本）』まで、約五〇冊を紹介してみた。

原文を入れ、訳も付けてあるから、中国語を学んでいる人には参考になるだろう。

続　中国艶書大全

もくじ

Ⅳ　明の時代

Ⅴ　清の時代

Ⅵ　中華民国・中華人民共和国の時代

続 中国艶書大全

I　春秋戦国・秦・漢の時代

『老　子』

宇宙万物の根源は、とらえがたい道だという。房中養生術を直接説いていないが、理論の基礎を築いた教祖として崇められている。房中術には、性の技巧だけでなく、機能障害の治療法、受胎法の知識も含まれる。更に気功と結び付け、不老長生を追求するのが房中養生術である。

この観点から、道とは何なのかを見てみよう。

体は、宇宙に似ているといわれる（『黄帝内経』）。道家の思想は、女性の神秘的な生殖機能と女陰を崇拝した古代の信仰に源があるという説のとおり、道は女の体に譬えて考えると分かりやすい。

道は天地の母だ。

女陰のように不思議な物で、女性の持つ生殖機能と同じように、万物を生み育てる。

六章――玄牝之門、是謂天地根。綿綿若存、用之不勤

玄牝の門、これを天地の根という。綿々と存続して、いくら使っても、力は衰えない。

二十五章――有物混成、先天地生。寂兮寥兮、独立不改、周行而不殆、可以為天地母

天地より先に混沌があった。それは音もなく空《くう》、独立していて不変。周《めぐ》り周って、止《とど》まることがない。天地の母なのだ。

道は、無、混沌、恍惚だ。
胎内（子宮）に宿った胎児が、成長する過程のようだ。

十四章――其上不皦、其下不昧、縄縄不可名、復帰於無物。是謂無状之状、無物之象、是謂惚恍。迎之不見其首、随之不見其後

上は暗く、下は明るい。果てし無く続いていて、名付けようがない。また無へ帰ってゆく。これを状《かたち》なき状、無物の象《かたち》という。これを恍惚というのだ。出迎えても頭は見えず、後に付いていこうとしても、尻が見えない。

道には、水のような性質がある（八章）。水は陰性で柔弱、女と性質が類似している。生命の誕生とも密接な関係がある。万物は皆、水から生まれる。人間の胎児は、温かい羊水の中で育つ。

冥想静思して、雑念を取り除くと、無意識の状態に戻るという（十六章）。無意識というのは、羊水の中にいた胎児の頃の意識を甦らせることだ。帰根、本へ帰るといわれ、後世の気功や内丹でいう真意である。胎内の記憶は、潜在意識の中に残っている。時間を巻き戻して、赤ん坊、陰門、子宮そして羊水の中、即ち玄牝へ帰ってゆく。そこは混沌であり、虚、無へ続いている。これはまた、復命（若返り）ともいわれる。そして、この意念を凝らす冥想は、抱一、守中とも呼ばれ、後の内視による気功の行気術の基礎理論になっている。

老子のこの帰根と復命の思想は、道家の房中養生術に大きな影響をもたらした。冥想、煉気などの法で生命の根元（玄牝）に回帰すると、若返ることが出来る。時間を逆方向に進め、老いて衰えた命を、精力溢れた新しい命に蘇生させる。いわゆる不老不死、肉体のまま羽化登仙する神仙思想の原点

はここにあるのだ。

更にまた、老子は四十章で、「反者道之動」（戻るのが道の動き方だ）と説いている。房中養生術でいう還精補脳、逆流の理論と技術は、この考えに基づいている。

精は、体内にある水液の粋だ。男女が交わり、男が射精することによって、新しい命が誕生する。精は、生命を生み出す要素であり、また体の発育や活動の源になる重要な物質でもある。呼吸で調整したり、肛門を締めたり、意念で操ったりして精を逆流させ、督脈を通して脳に返す。養生効果があり、不老長生には欠かせない法だ。

養生の鍵は、節制保養にある。精気を無駄にすると、体に無理が生じる。接して漏らさず、嗇精、宝精の原則は、老子が五十九章で説いている「治人事天莫若嗇」（人を治めるのも、天に事《つか》えるのも、最もよいのは吝嗇《だしおしみ》することだ）に基づいている。

春秋末期の思想家、老子、本名李耳《りじ》の著作だと伝えられている。成立年代は不詳。道家の開祖、老子の思想をまとめてある。上篇は道、下篇は徳を説いているから、『道徳経』ともいう。玄教といわれるように、『老子』は奥が深く難解な経典だ。解説書を読むとまちまちだから、一層分からなくなる。

日本では、房中養生の観点から『老子』を解説した書物は、皆無に等しい。荒唐無稽だといってしまえばそれまでだが、このような解釈の仕方もあるのだ。科学万能の神話が崩れた今日、原点に立ち返って、もう一度『老子』を見直してみるのもいいだろう。

『易 経』

『周易』、また簡単に『易』とも呼ばれる天下の奇書である。儒家の五経の一つになっている。

『繫辞上伝』——一陰一陽之謂道、継之者善也。成之者性也（一陰一陽は宇宙万物の道理だ。これに継《した》がえばよい。それが性というものだ）これに続いて、易は「生生之謂易」だと定義されている。易とは、万物が次々生まれ、新しく変化してゆく姿なのだ。男女の性交は天地の交合に繫《つな》がり、宇宙（道）が万物を生み出す偉大な力の賛美になる。生殖と切り離せない易には、性交を暗示する言葉、性に係わる卦が少なくないのは当然だ。

『繫辞上伝』——男女構精、万物化生（男女が精を一つにして、万物が生じる）夫乾、其静也専、其動也直、是以大生焉。夫坤、其静也翕、其動也闢、是以広生焉（男の物は、普段は小さくなっているが、興奮するとぴんと立ち、大きくなる。女の物は、普段は閉じているが、興奮すると開き、広がる）

『易』乾・彖——雲行雨施、品物流形（天と地は交わり、さまざまな物に形を与える）

『易』咸・彖——天地感而万物化生（天と地は交わり、万物が生じる）

『易』帰妹・彖——天地不交而万物不興（天と地が交わらなかったら、万物は興《おこ》らない）

構精、動也直、動也闢、雲雨、感、交、これは皆、性交を表わしている。

有史以前の三皇五帝時代、三皇の一人、伏羲《ふくき》が八卦を画いた。その後、周の文王が、八卦を重ねて六十四卦にし、「卦辞」を書く。またその息子、周の黄金時代を築いた周公は、「爻辞《こうじ》」を著わした。更に春秋時代、孔子が『易』に十翼（解説）『伝』を加えたと伝えられてきたが、今では後の戦国、秦、漢の人が、何人かで書いたといわれている。

それまでは、天地万物の変化と吉凶禍福を占う巫術《ふじゅつ》、占卜《せんぼく》だった易が、十翼によって、深い謎を秘めた陰陽哲学の経典に変貌したのだ。

『繋辞上伝』に、こう書かれている。

易有太極、是生両儀、両儀生四象、四象生八卦、八卦定吉凶、吉凶生大業。

易には太極がある。太極から両儀（陰陽）が生じた。これが八卦の元になる陰陽（⚋⚊）の印（爻）である。陰陽は更に組み合わされ、変化して四つの象《かたち》（⚌、⚍、⚎、⚏）になる。陰陽の気が一つに結ばれて、万物が生じることを表わしている。

陰陽の爻は、偶数と奇数の符号だと考えられてきたが、一九二三年に学者の銭玄同、続いて一九二七年に歴史学者の周予同が、⚊は男、⚋は女の性器を表わす符号だという画期的な学説を発表した。そして翌年の一九二八年、この説に基づいて、古代史の研究家、郭沫若が更に一歩進んだ説を立てたのだ。

その説はこうだ――八卦には、明らかに古代の生殖器崇拝の名残りがある。男根を⚊、女陰を⚋と描き、男女、父母、剛柔、陰陽、天地を表わしたのだ。昔の人は、三を最大の神秘的な数だと考えていた。それで、陰と陽の爻を三つ重ね合わして、異なった八つの形、八卦を考案し、天地風水など自然の象徴にしたのだ。

また最近、李銘遠は、一九九一年に発表した論文「八卦と性」で、こう述べている——男女の性交は、⚍と⚎で表わされている。体位に上下の違いがあるだけで、上になった方に主体性がある。⚌は男同志、⚏は女同志、また一男多女、一女多男、更に多男多女といった複数の媾合もある。例えば、姤《こう》䷫の卦辞は「女壮、勿用取女」だ。五人の男を相手にするような女は強すぎるから、娶ってはならないと諭している。卦は、文字がまだ考案されていない時代の記号だと見做される。

性と婚姻に関係のある卦は多い。乾、坤、屯、蒙、小畜、泰、随、蠱、賁、剝、大過、咸、恆、晉、家人、睽、姤、革、鼎、漸、帰妹、兌、以上二十二卦、全部で六十四ある卦の約三分の一がそうだという。

その中でも典型的なのは咸卦（䷞艮下、兌上）だ。咸は感（性交）である。艮☶は少《わか》い男、兌☱は少い女。

咸—亨、利、貞。取女吉。初六—咸其拇。六二—咸其腓、凶。居吉。九三—咸其股。執其随。往吝。九四—貞吉、悔亡。憧憧往来、朋、従爾思。九五—咸其脢、无悔。上六—咸其輔、頰、舌。

男女感応の卦——発展し、栄えて実を結ぶ。女を娶るといい。吉だ。女の足の親指にふれる。女の腓《こむらはぎ》を触る。よくない。静かにしているといい。女の股を触る。女は手で男の脚を押し退ける。そこでとめる。動かさないのがいい。動かすとうまくいかない。内心ドキドキするが、友よ、思ったようにやることだ。女の背中を抱き締める。後悔することはない。女の頬と唇に接吻し、舌を吸う。

この卦が出たら、女を娶っていいだけでなく、爻により下から順に、前戯の法を教え、性交がうまくいくよう示唆しているのだ。体位は、女上位である。

生殖によって万物が生じる。生殖が停止したら、天地万物は消滅する。陰陽の交わりは、最も偉大で神聖な自然の営みなのだ。

『易』は、今だに分からない謎の部分が多い。様々に解釈されるから、天下の奇書なのだ。この儒家の経典が、道家の房中養生術理論の基礎になったことからも、『易』の陰陽学説が、いかに素晴しい思想体系か窺える。

『黄帝内経《こうていないけい》』

中国古代の医書。著者、成立年代は不明。「素問《そもん》」と「霊枢《れいすう》」各九巻からなる。

伝説上の五帝の一人、黄帝が、家臣、岐伯《きはく》らの名医と、人体について論じた記録だ。しかし、これは仮託にすぎず、本当は戦国時代から漢代にかけて、陰陽五行思想に基づいた当時の医学知識をまとめたものだと考えられている。

「素問」では、陰陽、蔵象、経絡、病因、病機、診法、養生など古代医学の基礎理論が説かれている。「霊枢」は一名「針経」ともいわれる通り、鍼灸療法が記されている。

当時は、まだ医術と養生術は区別されていなかった。養生術というのは、古代性科学理論に基づく特定の方法で、体の陰陽の調和を保ち、健康を維持して長寿を図ることだ。

『黄帝内経』では、この養生の理論が重視されている。「素問」の最初の五章、「上古天真論」、「四気調神大論」、「生気通天論」、「金匱真言論」、「陰陽応象大論」では、養生治身が、また、「霊枢」の「寿夭剛柔」、「本神」、「本蔵」、「天年」では、養生が説かれている。

「上古天真論」――年を取ったら、子が出来ない。精が尽きるからか、それとも天の計らいかという黄帝の問いに、岐伯はこう答えている。

女子七歳、腎気通、歯更発長。二七、而天癸至、任脈通、太衝脈盛、月事以時下、故有子。三七、腎気平均、故真牙生而長極。四七、筋骨堅、発長極、身体盛壮。五七、陽明衰、面始焦、発始堕。六七、三陽脈衰于上、面皆焦、発始白。七七、任脈虚、太衝脈衰少、天癸竭、地道不通、故形壊而無子也

女子は七歳で腎気〈生命力〉が旺盛になり、歯が更に伸びる。一四になると、天癸《てんき》が始まる。任脈が通じ、太衝脈も活動を始め、定期的に月経が起こるようになるから、子が生める。二一歳、腎気が体中に満ちるから、永久歯が生えてくる。二八歳、筋骨はしまり、成長は止まる。身体が最も強壮な時期だ。三五歳、陽明脈が衰え、顔がやつれて、髪も抜ける。四二歳、陽明

脈だけでなく、顔に通じている太陽脈、少陽脈も衰えるから、皺が増え、髪が白くなってくる。四九歳、任脈が細くなり、太衝脈も衰える。天癸はとまり、脈に血が通わなくなるから、子宮の形が変わり、子は生めなくなる。

そして、次は男の話になる（原文は省略）。

男は八歳になると、腎気がみなぎり、歯が更に伸びる。一六歳、腎気が盛んになり、天癸（精液）が出るようになる。精気があふれ、もれて体内の陰陽の調和が保たれる。子が作れるようになるのはこのためだ。二四歳、腎気が満ち、筋骨が強くなるから、永久歯が生えてくる。三二歳、筋骨は隆々とし、肉付もよく、たくましくなる。四〇歳、腎気が衰え、髪と歯が抜け始める。四八歳、顔に通じている経脈、三陽の気が衰え、皺が現れて、白髪がまじる。五六歳、肝気が衰え、筋が動かなくなる。六四歳、天癸が涸れ、精が少なくなる。腎臓が衰え、体中にガタがくる。そして歯も抜ける。腎は、水を掌《つかさど》っている。五臓六腑の精（水）は、ここに集まり、蓄えられる。だから、五臓の働きが旺盛だったら射精できる。ところが、五臓が衰えてしまうと、筋骨はたるみ、力がなくなり、天癸は枯渇する。髪が白くなり、体は重く、足元も覚束無くなるのはこのためだ。そして、子も作れなくなるのだ。

これで分かるように、体の成長と老化の規準になっているのは、子供を作る性能力の有無だ。健康というのは、性能力があることで、長寿に結び付く。性が、養生の理論と方法の原点になるのだ。中国の古代養生術、とりわけ房中養生術の重要な鍵は、ここにある。

『黄帝内経』が提示した、生殖能力が備わるのは、天癸が生理的な変化を起こさせるからだという考え方は、注目に値する。

天癸は、天一之陰気という意味だ。天は先天、即ち父母の体からもらいうけた物質。一は水を表わす数。この水の源は先天にあるから、天一。癸（陰）は十干の干名。壬（陽）と対になる。十干は天の気の運行を表わし、別名を天干ともいう。気は体内で水（液）に変わる。天癸は、天一之水、先天真水ともいわれ、先天的生命物質だ。万物は皆、水から生じるのである。

天癸は、男の体内では精液に、女の体内では血液（月経）になる。精と血は一つになり、新しい命が誕生する。体の成長と発育を促し、新しい命を作るのは、この先天的生命物質、天癸だと見做す考え方は、後世の養生術、気功術、そして房中術に大きな影響をもたらした。

房中養生家が、生殖、即ち性に係わる気と精を煉るのは、『黄帝内経』のこの天癸の理論に基づいている。男子煉精、女子煉血、精を煉るときは、先天精を煉らなければならない。天癸、即ち先天の気と精は、大薬だと考えられているからだ。

春秋、戦国の時代、中国の医家は、性病の治療、養生による健康維持を研究し、造詣も深かった。近親結婚、また過度な性生活の悪影響を知っていた。性生活には節度が大切で、おぼれるとよくない。性行為は、健康と長寿の源だ。『黄帝内経』は、系統だった科学的理論に基づいて、中国医学の基礎を固めた不朽の名著であり、性医学に関する論述も多く含まれている。

『合陰陽』竹簡

馬王堆漢墓から出土した文献①

【馬王堆漢墓について】

一九七二年、中国、湖南省長沙市の郊外、馬王堆一号漢墓から、女性の死体がほとんど完全な形のまま発見され、世界の考古学者の注目の的になった。

干屍《ミイラ》ではなく古い死体、古屍として発表されたその女性は、約二一〇〇年余り前、前漢初期に長沙地方の権力を握っていた軑侯《たいこう》、利蒼《りそう》の夫人であることが判明。『史記』と『漢書』に残っている前漢二代皇帝、恵帝の二年（前一九三）、長沙国の丞相《じょうしょう》、利蒼なる者が、七百戸を領有する軑侯に封ぜられたという記録とも一致することが分かった。

棺の周囲、四ヶ所から、豪華な副葬品が出土した。漆器、陶器、化粧具、織物、木俑（人形）、冥銭、楽器、明器《めいき》など、一四〇〇点余りにも達したのである。

また二号墓には、利蒼、三号墓には、その子が埋葬されていた。そして、埋葬年代も、二号墓は漢の呂后《りよこう》二年（前一八六）、三号墓は文帝の前元一二年（前一六八）、夫人の一号墓はその数年前だったと判明した。

三号漢墓の発掘は、一九七三年末から翌年の初頭にかけて行われた。副葬品として、学術的に驚くべき貴重な文献、帛書《はくしょ》、竹・木簡書が出土した。

絹に文字を書いた帛書は、二〇数種あり、『老子』、『易経』、『戦国策』、『五星占』など、古代哲学、歴史の経典、更に占星術、医薬学などの文献も含まれていた。竹の札、木の札に文字を書いた物を、竹簡《ちくかん》、木簡《もっかん》という。

これらの文献の中に、古代医学に関する書が一四種類あり、性医学、房中養生を主題にした物が六種含まれていた。しかも、大半の文献が現存していない書だったのだ。

『十問』、『合陰陽』、『天下至道談』は竹簡、『胎産書』、『養生方』、『雑療法』は帛書。これらの書は、現存する性医学の最古の文献であり、古代性学史上の空白を埋める貴重な資料なのだ。

馬王堆文献の成立年代は、埋葬当時の前漢初期よりも古く、戦国時代だろうと推定される。出土した文物は、楚の文化の特色を持っているからだ。しかし、更に遡り、春秋前期、或はそれ以前ではないかともいわれている。

中国最古の医書だと見做されていた『黄帝内経』は、戦国から漢にかけてまとめられたといわれているから、馬王堆文献の方が古いことになる。『黄帝内経』の「霊枢」には、効果が異なる九種類の針法が記載されている。しかし、馬王堆医学文献には、古代灸法の記録はあるが針法は載っていない。この事からも、成立年代は古いと推定できる。

以上、馬王堆漢墓に関する話は、文献の内容と直接関係はないが、画期的な発掘によって出土したいきさつは重要なので、参考までに簡単に紹介しておいた。

文献内容の説明に移る前に、もう一つ付け加えておかねばならないことがある。

班固（三二―九二）は、『漢書』芸文志の房中八家の書の項で、これらの文献に触れていない。『漢書』が編纂されたのは、埋葬されてから二百年ほど後のことだ。なぜ紹介されなかったのだろう。
班固は、そのような房中書の存在を知らなかった。班固がいた陝西省咸陽とは遠く離れた南の地方、楚の房中術書だった可能性があるからだ。また内容は同じでも、題名が異なっていたことなどが推測される。

後に『十問』が続き、一巻になる。養生術理論に基づいた実践的性交指導書。性交の技巧と方法が、順を追って具体的に解説されている。
冒頭の一句「凡将合陰陽之方」（男女交合の法）の中から、「合陰陽」を取って、書名にされた。この句に次の文章が続く。

握手、出腕陽、循肘旁、抵腋旁、上竈綱、抵領郷、循拯匡、復周環、下欠盆、過醴津、凌勃海、上恒山、入玄門、御交筋。上合精神、乃能久視而与天地侔存。交筋者、玄門中交脈也。為得操循之、使体皆楽癢、悦沢以好。雖欲勿為、作相呴相抱、以恣戯道

手を握り、手首の陽谷穴《ようこくつぼ》から始め、腕、肘、腋の下へ揉《も》んでゆく。更に、肩から首筋、そして唇の下の承漿《しょうじょう》穴、それから目の横を通って前頭部の承光《じょうこう》穴を指圧する。もう一度承漿穴へ戻し、同じことを繰り返す。今度は肩の下の欠盆《けつぼん》穴へ移し、乳暈を撫で、臍下の気海《きかい》穴を指圧し、更に下へ進めて恥丘《ほがみ》を軽く押す。しばらくしてから玄門《いんもん》に指をわりこませ、交筋をくじる。

精気を意念で引き上げ、頭に導くと長生きができ、天地といつまでも共存できる。尚、交筋というのは、玄門の中の交脈《さね》のことだ。以上の方法で、揉んだり圧したり撫でたりしていると気持がよくなってくる。したくなっても辛抱し、相手の息「気」を吸って抱きあい、戯道を進める。

戯道、一曰気上面熱、徐呴。二曰乳堅、鼻汗、徐抱。三曰、舌薄而滑、徐屯。四曰、下腹股濕、徐操。五曰、嗌乾、咽唾、徐撼。此謂五欲之徴。徴備乃上、上揕而勿内、以致其氣。気至、深内而上撅之、以抒其熱、因復下反之、母使其気泄、而女乃大竭。然后執十動、接十節、雑十脩、接形已没、遂気宗門、乃観八動、聴五音、察十已之徴

　戯道――一、女の顔がほてってくる。軽く鼻を寄せて息を吸う。二、乳が堅くなり、鼻に汗がにじむ。おもむろに抱く。三、舌が伸びて、つるつるしてくる。あせらずにやる気を出す。四、陰液でぬるぬるしてくる。ゆっくりいじる。五、唾を呑み込むようになる。だんだん指の動きを強める。以上を五欲の徴《きざし》という。徴が全部現れたところで、乗りかかり、軽く突いて少し入れて、気が充実するのを待つ。気が満ちたら奥まで入れ、かき出すようにしてぐいと抜く。はやる気持を抑え、また突きかける。気を漏らしてはならない。女が興奮して、もだえ始めるのを待つ。十動、十節、十脩の技を使い、女の八動を見極め、五音と十巳の変化を確かめる。この方法に基づいて、いかずに抜き差しを続けると、気は女陰に伝わる。

冒頭の総論に続き、男の技法と興奮の度合で変化する女の動きや声を、具体的に説明している。

十動は、接して漏らさずの養生効果を教えている。十回の抜き差しを、一動という。一動していかなかったら、目と耳にいい。二動なら、声にはりが出る。

十節は、動物の動きを真似た体位だ。虎游《とらがかり》、蟬伏《せみがかり》などがある。

十脩は、上下左右、快慢、深浅など、抜き差しの法。脩は道、即ち方法である。

八動は、女の体の動きや仕草で、何を求めているのか判断し、対処する法。例えば、手を取るのは、男を引き寄せたいからだ。両手を下に突っ張るのは、陰部を持ち上げたいからだといったように、動作に基づいて心理状態を説明している。

五音は、興奮の度合で変化する女の息使いと声。

十已は、十動の進行につれて生じる匂いや分泌物、そして感覚の変化。已は、完了するという意味である。例えば、一已は一動が終わるということで、気分は爽快になる。二已、骨を焼いたような、焦げくさい匂いがする。四已、陰部にどろっとした濃い分泌液が出る。

分泌液と性ホルモンの関係は、現代の性医学でも問題にされている研究課題だ。

『合陰陽』の最後は、次の文章で終わっている。


昏者、男之精将。早者、女之精積。吾精以養女精、前脈皆動、皮膚気血皆作、故能発閉通塞、中府受輸而盈（夜、男の精は強くなる。朝、女の精は満ちてくる。男の精を女の精に補ってやれば、陰部の血の流れがよくなり、肌がきれいになる。気血の滞りがなくなって、五臓六腑の働きが活発になるからだ）

これは、男女はたがいに精気を補って健康を保つ「以人補人」という法。房中養生術の原点である。系統立った養生理論と原則に基づいて、性交技法が詳細に論述されている。『合陰陽』は、冷静な観察と綿密な研究の成果であり、科学的な価値のある中国最古の房術書である。

『十問』竹簡

馬王堆漢墓から出土した文献②

『合陰陽』と一巻になり、『十問』は内側の部分に当たる。整理編纂した学者が、二冊に分けた。皇帝の問いに、医家、術士たちが答える形式。登場人物は、仮托だといわれている。房中養生が、問答の内容になり、一〇あるから『十問』と名付けられた。

一、天師が黄帝に、神気を採《と》る道を説く。性交時に於ける採陰補陽の原則と方法。

二、大成が黄帝に、房中補益の道を説く。薬物と食事療法により、衰えた性機能を回生させる法。

三、曹熬が黄帝に、陰と接し、神気を養う道を説く。上手に交わって陰を採る房中補益の養生法。

四、容成が黄帝に、気を治《おさ》め、精を摶《あつ》める道を説く。自然の精気を採り、天地の外気を体に集める。治気というのは、天地陰陽の変化規律に、体内の気を順応させる法。

五、聖人、舜《しゅん》が、堯帝《ぎょうてい》に接陰治気の道を説く。接陰治気による房中養生法。

六、彭祖が王子巧父に、養陰治気の道を説く。陰精を養生し、長寿を保つ法。人の生命の最も大切な要素は陰精だから、赤子を育てるように大切にし、保養するといい。

七、耇老《こうろう》が帝、盤庚《ばんこう》に、接陰し神気を採る道を説く。性交の段階に応じて、五つの技巧がある。その法に基づいて行うと、精気を脳に集めることが出来る。閉精不泄が、健康と長寿の鍵だ。

八、師癸《しはつ》が王、禹《う》に神気を活発にする道を説く。疲れたり、衰弱したりして、性機能が衰えたとき、回復させる法。

九、文摯《ぶんし》が齊威王《せいいおう》に、食物、睡眠など補養の道を説く。日常生活に注意して、養生に心掛ける。性機能維持の基礎になる健康管理法。

十、王期《おうき》が秦昭王《しんしょうおう》に、陰を採り、気を盛んにする法を説く。普段の食事療法で健康を維持し、長寿を保つ法。性機能保持の重要性が強調されている。原則は「接陰之道、以静為強、平心如水、霊露内蔵」（女と交わる法。大切なのは静である。心を水のように平静にして、霊露《せいえき》を内に保つ）である。

『雑療方』帛

馬王堆漢墓から出土した文献③

帛が破損している部分があり、字数も行数もはっきりしない。また目次もないが、大意はつかめる。書名は、内容に基づき、帛書を整理編纂した学者によって付けられた。

補腎益精薬、性機能障害の治療薬など、性医学と関係のある処方が多く含まれている。「内加」は男、「約」は女の性欲を促進させる薬という意味だ。「内加」の項には、強精薬や陰痿などの治療薬の処方、「約」の項には、媚薬と冷え症など、女性用の薬の処方が記されている。

内服薬より外用薬が多い。塗ったり、当てたりする薬が大半を占めているが、なんと臍や膣に入れて興奮させる丸薬や座薬も含まれている。

『華佗神医秘伝』

原題は『古代真本・華佗神医秘伝』。略して『華佗神方』ともいわれる。

内容は、病理秘伝、診断の奥秘など総論から始まり、各論に移る。内・外・産婦人・耳鼻咽喉・眼・歯・皮膚・傷・結毒（花柳病）・急救法・奇病治療法・獣医科など、一一〇〇余項目にわたる病に対する薬の処方が説き明かされている。そして最後の二二巻は、華佗注の「倉公伝」という附録で、秘伝の内容をまとめた資料、医薬百科目録になっている。

巻を追って、いくつか内容を紹介しておく。

巻四「華佗内科秘伝」――治陰痿神方。〈功効〉温腎益精、壮陽起痿。〈主治〉腎命火衰、精気不足而到男子陽痿不挙、挙而不堅、性交不能者。〈薬物組成〉熟地一両、白術五銭、山茱萸四銭、人参・拘杞子各三銭、肉桂・茯神各二両、遠志・巴戟天・肉蓯蓉・杜仲各一銭。〈用法〉水煎服、一日三次

陰痿治療薬の処方。〈功能〉腎を温めて精を増やす。陽物を強めて勃起させる。〈治療〉腎の

命である火が衰え、精気が不足して陽物が立たなくなる。立っても堅くなく、性交不能な症状。〈配合薬物〉原文通り。〈用法〉水で煎じて、一日に三回服用する。

巻六「華佗婦科秘伝」――治陰寛神方。〈功効〉収斂陰具。〈主治〉女子陰道寛大、性交欠乏快感者。〈薬物組成〉兎屎・干漆各半両、鼠頭骨二具、牝鶏肝（陰干百日）二具。〈用法〉共為細末、蜜丸如梧子大、絹包留尾糸五寸許、晩睡前納入、次晨取出

しまりのなくなった女陰を治す秘法。〈功能〉陰部を収縮させる。〈治療〉女陰にしまりがなく、交わっても快感に欠ける。〈配合薬物〉原文通り。〈用法〉一緒に粉末にして、蜜で青桐の実の大きさに丸める。それを絹の布に包み、先の方を五寸ほど細い紐状にする。夜、寝る前、膣に挿入し、次の朝取り出す。

巻六「華佗婦科秘伝」――治童女交接及他物傷神方。〈功効〉止血。〈主治〉幼女陰器発育未臻完善、玉門狭小而為成年男子陽物所傷、或生活不慎、陰戸為他物所損、血流不止者。〈薬物組成与用法〉釜底墨研胡麻敷傷処。或焼繭絮灰塗之、或割鶏冠取血塗之

童女が性交、或は他の物で陰部を傷めたときの治療秘法。〈功能〉血止め。〈治療〉幼女の陰部は、発育が不完全だ。膣は狭く小さいから、成年男子の陽物だと傷付いてしまう。或はまた、うっかりして物で膣口を傷付け、血が止まらなくなった場合。〈配合薬物と用法〉鍋底の煤《すす》を、胡麻に交ぜて磨り潰し、傷口に当てる。また、繭を焼いた灰、或は鶏冠《とさか》を切って取った血を塗る。

巻七「華佗産科秘伝」――治産後玉門不閉神方。〈功効〉温腎壮陽、窄陰収渋。〈主治〉孕産傷

腎、玉門開而不閉、性交欠乏快感者。〈薬物組成〉石硫黄（研）・蛇床子各四分、菟糸子五分、呉茱萸六分。〈用法〉上四味共搗散、取方寸匕投于開水中、薫洗玉門、以愈為度

産後のゆるんだ膣口を治す秘法。〈功能〉腎を温めて陽を強める。膣がすぼまり、しまりがよくなる。〈治療〉子を産むと腎が弱る。膣口はゆるみ、しまらない。交わっても快感が乏しい場合。〈配合薬物〉原文通り。〈用法〉上記四種の薬を混ぜ合せて乳棒でよく磨り潰す。それを一寸四方の匙で一杯すくい、沸騰している湯に入れる。湯気を膣口に当てる。よくなったらやめる。

漢末から三国に移る時代、封建王朝の崩壊にともない、儒教の教えもすたれた。統治者たちは驕侈淫佚に堕ち、社会は乱れて性病が流行した。華佗は一六巻をそっくり「結毒」（花柳病）の治療法に充てている。

巻一六「華佗結毒科秘伝」――治穢瘡前陰腐爛神方。〈功効〉清熱解毒、補腎化濁。能阻止前陰潰爛。即已脱落者、亦能重生。〈主治〉男女楊梅瘡熱毒蘊盛、前陰触爛者。〈薬物組成〉金銀花半片、土茯苓四両、当帰・熟地各二両、黄柏一両、山茱萸三銭、肉桂二銭、北五味子一銭。〈用法〉共搗末、毎日沸水調服一両

潰瘍でくずれた外陰部を治す秘法。〈功能〉解熱解毒、腎を助け濁りを除く。潰瘍によるくずれを止める。溶けた部分は、また元のようになる。〈治療〉悪性梅毒の潰瘍が高じ、男女の陰部がくずれた場合。〈配合薬物〉原文通り。〈用法〉一つに混ぜて乳棒で磨り粉にする。毎日沸騰した湯で、一両を調合して服用。

験（効果）・便（簡便）・廉（廉価）をモットーにした華佗の神医秘法は、現代の中医性科学研究者の宝典なのだ。

華佗《かだ》（約一一〇―二〇八）、字は元化。後漢末期の著名な医学、養生学家。三国、魏の建国者、曹操（一五五―二二〇）の侍医になってほしいという要望に応じなかったため投獄される。華佗が認めた医薬方論の著は焼かれ、そして殺された。しかし、幸い著作の一部は、その後、晋時代の人が編纂した『華氏中蔵経』の中に残っていた。

そして今世紀になり、一九二〇年、安徽省、亳県の蔵書家、姚氏の書庫、墨海楼から、『華佗神医秘伝』が発見されたのだ。山積みされた膨大な古書と資料の中から出てきた古い写本である。華佗元化撰、それを唐代に孫思邈《そんしばく》が編纂した物だった。『華氏中蔵経』と比較検討したら、内容は一致した。亳県は、なんと華佗の出身地だったのだ。運命を予測した華佗は、秘伝の書をそっと誰かに託したのに相違ない。

一九二二年、上海大陸図書公司が、姚氏の書庫から発見された古書保存会蔵版を版本にして、排印本を世に出した。更に一九八二年、遼寧科技出版社から、彭静山によって校正、訂正、注釈が施された鉛印本が出版された。

『周易参同契』

後漢、魏伯陽撰。道家に「万古丹経王」と奉られている煉丹術の経典。大易・黄老・炉火の三道が総合され、一つの丹道煉養理論と実践体系にまとめられている。

大易は、『周易』の陰陽八卦で宇宙の万物を象徴させる図式符号体系。黄老は道家思想。炉火は、丹道煉養の実践技法。この三家の理法を一つにした妙契大道が、『周易参同契』である。

『周易参同契』が説く、房中双修思想は、題名にも示されている通り、『周易』の陰陽八卦理論が根底になっている。煉丹術の三要素、炉鼎・薬物・火候は、このように説かれている。

一、炉鼎

男は陽火だから炉、女は陰水だから鼎だ。それなら卦本来の意味で、火を象徴する離（☲）が男、水を象徴する坎（☵）が女ということになるはずだ。明るい陽気、日が外にある離（☲）は、空虚になった内の万物を乾かして暖める。また、内に剛を秘め外は柔の坎（☵）は、水、雨で万物を潤す卦であるからだ。

ところが、『周易参同契』では逆になっている。魏伯陽は、発想を転換してこう考えたのだ。

男の体は陽だが、生殖器と精液は陰で、坎（☵）の中陽が炉（火）。女の体は陰だが、生殖器と膣分泌液は陽で、離（☲）の中陰が鼎（水）。太極図の魚の目の部分が、中陽と中陰に当たる。

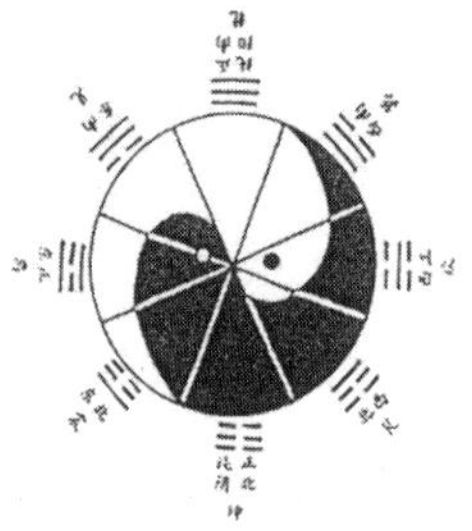

大極図

二、薬物

双修派の薬物は男女の精気である。男子の陰精（精液、精気）と女性の陽精（膣分泌液、精気）が薬物になる。男の陰精と女の陽精を表わす卦は、今度は本来の意味のとおり、離（☲）が陰精、坎（☵）が陽精になるから注意が必要だ。そして、このひっくり返ってまた元へ戻る顚倒顚思考が、『周易参同契』を解く重要な鍵になっている。

三、火候（火かげん）

『周易参同契』では、「炉火」ともいわれる。呼吸と意念で薬物を煉る技法である。黄老の清静自然、無為柔順思想に基づき、欲念を抑え、意念を集中させて無心にならないと薬物を煉り、採り入れることはできない。抑制を前提としたこの技法の修煉を積むのが丹道なのだ。

顚倒顚思考の『周易参同契』が説く煉丹術は、乾鼎を坤炉で煉り、男女の精気を一つにして不老長寿の丹を作ることになる。女の陽火を借りて、陰水を煉るのだ。坎（☵）の中陽で、離（☲）の中陰を満たし（☰）、精気を交合させる。

道教では、純陰（☷）は鬼（亡霊）、純陽（☰）は仙、半陰半陽（☵・☲）は人だと考えられている。煉丹によって人体の陰質を取り除くと、不老長寿「純陽の体」になり、羽化登仙できるという。

情合乾坤。乾動而直、気布精流。坤静而翕、為道舎廬。剛施而退、柔化以滋。九還七返、八帰六居。男白女赤、金火相拘

情が乾坤を一つにする。乾は動いて立ち、気を出し精を流す。坤は静かに受け入れ、道を憩いの場にする。剛は施し、引き下がる。柔は融合してはぐくむ。男はもどして返す。女はもどってまつ。どちらもいって、金と火が一つになる。

乾は男根、坤は女陰、道は膣、剛柔は男女、九と七の奇数は男、八と六の偶数は女、白は精液、赤は女の精液を表わす隠語だ。また、金火相拘は最高潮に達することである。

この他にも、性に関する隠語が多く出てくる。水火・日月・竜虎・戊己・鉛汞・烏兎・雌雄・陰陽・黒白・嬰児姹女などがそうだ。

煉丹術というのは、不老長寿の丹（薬）を煉る法だ。丹には、外丹と内丹がある。外丹は、丹砂（水銀と硫黄の化合物）と鉛を原料にし、その他の鉱物や草木薬を混ぜて鼎に入れ、炉で加熱し、煉って作る丹。内丹は、体内の三宝（神・気・精）を煉って作る丹。内丹道には、清修と双修の二つの法がある。

清修は、心を炉、腎を鼎にし、一人で丹を煉る法だ。これは清静ともいう。心中真火（意念・真意）で、腎中真精（丹田元気）を煉り丹にする。

双修は男女の体を炉と鼎と考え、性交中に陰陽の精を融合させて、丹を煉る法。双修は陰陽ともいわれる。性交に気功、導引、行気を結びつけた房中養生術である。『周易参同契』に、性に関する隠語や男女交媾の話が数多く含まれているのはこのためだ。

実を言うと、『周易参同契』が道家の「万古丹経王」になったのは、一〇〇〇年近くも後、宋の時代のことなのだ。八代皇帝、徽宗が信じていたから、道教も盛んだったが、それでも大勢を占めていたのは、理学と仏教だった。道家もその影響を受け、『周易参同契』は清修派の立場から解釈されるほうが多かった。双修派の内丹法は外部の圧力に押され、秘伝の術にされてしまったのだ。

この影響は今日まで残り、『周易参同契』は、清修それとも双修の経典か意見が分かれている。しかし、後漢から魏、晋、南北朝に渡る初期の道教は、房中養生術と深い関係があるから、双修の立場で理解する方が自然である。

解説書は数多くあるが、それぞれ解釈の仕方が異なっている。しかし、その中でも宋の理学者、朱熹『周易参同契考異』は定評のある参考書だ。

Ⅱ　晋・南北朝・隋・唐の時代

『素女経』と『玄女経』

『素女経』は、『カーマスートラ』（インド）、『匂える園』（アラビア）と並び称される世界の三大性典の一つである。

玄女は、人首鳥身の女神で、黄帝に兵法を教えたと伝えられている。素女と同様、詳しいことは分からない。

『素女経』は、黄帝が尋ね、房中術の師、素女が教える一問一答形式になっている。玄女が登場するときも同じだ。玄女と素女が説いている房中術は、単なる性技巧ではない。養身修煉法である。

房中養生の基本法則は、定気、安心、和志だ。

欲知其道、在于定気、安心、和志、三気皆至、神明統帰、不寒不熱、不飢不飽、亭身定体。性必舒遅、浅内徐動、出入欲稀、女快意男盛不衰、以此為節

呼吸を整え、心を静めて一つになる。これが道です。気が散ってはだめですから、体は普通の状態でないといけません。寒くても暑くても、またお腹がいっぱいでもすいていてもよくない。性交にあせりは禁物です。浅く入れてゆっくり動かし、出し入れはまれにするようにしま

す。女が喜んで興奮するようにする。これを原則にすれば、男も燃えてだめになることはありません。

素女曰法之要者在于多御少女而莫数瀉精、使人身軽、百病消除也

　素女が言った。「大切なのは、若い女と何度も交わり、射精の回数を少なくすることです。そうすると、体は軽くなり、いろんな障害はどこかへいってしまいます」。

腎精を大切にすると、健康になり、不老長寿につながる。しかし、素女が説いているのは嗇精節欲で、禁欲ではない。性交の重要性、そして同時に、洩らしすぎの注意なのだ。また若い女云々は、皇帝に対する教えだということを念頭においておく必要がある。

今欲不交接、神気不宣布、陰陽閉隔、何以自補?

　交わることも、神気を洩らすこともせず、陰陽を交流させなかったら、何で体を補うのですか?。

快楽を追求するだけではよくない。性は健康と長寿の源になる房中養生の道なのだ。陰陽交接には、気功導引を取り入れた七損八益の法がある。絶気(気の絶《とだ》え)、溢精(陰陽の気がまだ一つになっていないのに、やはって交わると、途中で洩れる)など、七種類ある赤信号が点ったとき、無視してすると体は損なわれる。

　また八益というのは、冷え症、月経不順などの障害を治す八種類の交接法だ。七損にも、無視して行い、体を痛めた場合の治療法が説かれているが、これも交接で治す以人療人の法である。

避七損之禁、行八益之道、毋逆五常、身乃可保。正気内充、何疾不去、府蔵安寧、光滑潤理、

毎接即起、気力百倍、敵人賓服

七損の禁を避け、八益の道を行い、五常に逆らわなかったら、健康が保てます。正気が満ちてくると、障害はなくなります。内臓の調子がよくなると、肌はしっとりして艶が出ます。交わるときは、すぐに立ち、気力は百倍になりますから、女は服従します。

玉茎には、常に変わらない五つの徳（仁・義・礼・智・信）があると教え、常軌を逸した行動をとらないよう、箍《たが》が締められている。

目に見えない欲情が、どう体に反応するか、女の燃え具合を判断する法。素女は、五徴、五欲、十動を、そして玄女は四至、九気を説いている。更にまた、房中禁忌、求子法、夢交などの話も含まれている。

素女、玄女の説く房中養生、陰陽交合の道は、玄素の道と呼ばれ、容成、彭祖と並ぶ女性の房中一派として、今日も高く評価されているのだ。尚、原文は『医心方』から引用した。

原文は散佚してしまっていたが、日本人の鍼《はり》博士、丹波康頼が、平安中期、永観二年（九八四）に、中国の医学文献に基づいて編纂した『医心方』の中に大半が収められていた。それを葉徳輝（一八六四―一九二七）が、編集しなおして原本に近い新刊『素女経』にまとめ、『双梅景闇叢書』全六冊の内、第一巻の冒頭に掲げ、一九〇三年世に出した。葉徳輝は清末の進士で、経学、律法、碑版、占卜、星命などに造詣が深く、また蔵書家でもあった人だ。

『山海経《せんがいきょう》』（海内経）に、素女は黒水都広で生まれたと記されている。黒水都広は、四川省成都の近郊にあたる。道教で有名な青城山があり、今も玉女洞という洞窟が残っている。素女は実在人物で、そこで修行をしたと言い伝えられている。しかし、女神、仙女だったという説もあり、本当のことは分からない。

『漢書』芸文志、房中八家の中に、素女の名はない。また、馬王堆漢墓から出土した房中文献にも、『素女経』は含まれていない。最初に名前が出てくるのは、東晋、葛洪《かつこう》『抱朴子《ほうぼくし》』内篇遐覧《からん》の中である。そして『隋書』には、『素女秘道経』一巻、並びに『玄女経』一巻と記されている。

このことから推測すると、『素女経』がまとめられたのは、後漢、班固が『漢書』（成立推定年代、七八）を完成した後、西晋が建国（二八〇）されるまでの間ではないだろうかといわれている。しかしまた、後漢、或はそれ以前から存在していたという説もあり、成立年代は定かでない。

葉徳輝は、新刊『素女経』の序で、こう述べている――『隋書』には、『素女秘道経』一巻、並びに『玄女経』、その後に『素女方』一巻と記されている。新旧の『唐書』には記載されていない。ところが、約三五〇年後、日本で寛平年間（八八九―八九七）に出た、藤原佐世『日本国見在書目録』には、『素女経』一巻としか記されていない。『玄女経』と『素女方』は、隋の時代、既に『素女経』と一緒になっていたのではないだろうか。

『抱朴子《ほうぼくし》』

初期道教の最も重要な理論家、東晋、葛洪《かっこう》（二八三—三六三）の著。内篇二〇、外篇五〇巻。完成は、元帝の建武元年（三一七）。字は稚川、号を抱朴子という。この号は、『老子』一九章、見素抱朴、少私寡欲（素《モト》ヲ見テ本真ヲ抱キ、私ヲ少ナクシテ欲ヲ抑エル）から取ったことは、よく知られている。葛洪は、『抱朴子』内篇で、道家理論、煉丹法と陰陽術、即ち房中養生術を説いている。要点は、内篇の「至理」、「微旨」、「釈滞」、「極言」に出ている。

「至理」——服薬雖為長生之本、若能兼行気者、其益甚速。若不能得薬、但行気而尽其理者、亦得数百歳。然又宜知房中之術。所以爾者、不知陰陽之術、屢為労損、則行気難得力也

丹薬を飲むのは不老長生の本だが、もし呼吸法を合わせて行うことが出来たら、丹薬の効き目はずっと速くなる。丹薬を手に入れることが出来なかったら、呼吸法だけを行い、その法を尽したら百歳を数えるまでは生きられる。しかしまた、房中術も知っておいた方がよい。陰陽の術を知らずに、たびたび無理をしていたら、呼吸法を行っても力はなかなか得られないからだ。

健康長寿に欠かせない三つの条件、服薬、行気、房中術が説かれている。また、こう述べている。

「微旨」——凡服薬千種、三牲之養、而不知房中之術、亦無所益也
　いろいろ薬を飲み、牛、羊、豚を食べて栄養をつけても、房中術を知らなかったら効果はない。

また、葛洪は、陰陽を交える性生活の重要性を強調している。

「釈滞」——人複不可都絶陰陽、陰陽不交、則坐致壅閼之病、故幽閉怨曠、多病而不寿也
　人はまた陰陽の交わりを絶ってはいけない。陰陽が変わらなくなると、気がふさがれ滞る病になる。一人で悶々《もんもん》としたむなしい夜を過ごしていると、いろいろな病気にかかり、長生きできなくなるのはこのためだ。

葛洪は、左慈の房中術を受け継いではいるが、独自の見解を抱いていた。士族道教の立場から、民間道教、天師道を、あやしげな巫術、妖術と大差がないと批判している。
天師道では、房中術を究《きわ》めたら、それだけで神仙になれる。災難から逃れ、罪を帳消しにし、禍を転じて福となすことができる。役人になれば、とんとん拍子に出世できるし、商売をしたら倍も儲かるなどと説いていたのだ。
　しかし、葛洪は、房中術には治病養生効果しかないと見做している。そして陰陽を交える必要性を強調し、四つの房中術、還精補脳、採女気、採咽唾咽、吐納導気を教えているのだ。

「微旨」——夫陰陽之術、高可以治小疾、次可以免虚耗而已。其理自有極、安能致神仙而却禍致福乎？　人不可以陰陽不交、坐致疾患。若欲縦情恣欲、不能節宣、則伐年命。善其術者、則能却走馬以補脳、還陽丹于朱腸、採玉液于金池、引三五于華梁、令人老有美色、終其所稟之天年

陰陽の術は、うまくいってもちょっとした障害が治せるか、或はせいぜい疲れをいやせる程度のものなのだ。その法には自ずから限界がある。神仙になり、禍を避けて福を招くことなど出来るはずがない。陰陽は交えないといけない。体がどこかおかしくなってくる。しかし、やりすぎて節制しなかったら、寿命を縮めてしまう。陰陽の術を会得している者は、飛び出そうとする精液を止めてもどし、脳の栄養にする。また精液を腎にもどしたり、女の口中の津液を採《と》ったり、三丹田［上・中・下］と五臓の真気を体のあちこちに導いたりすることが出来るから、常に色艶はよく、天寿をまっとうするようになるのだ。

『抱朴子』内篇・遐覧に、当時あった房中術書が一〇数冊記録されている。書目に残っているだけで散佚してしまっていたが、日本、丹波康頼編『医心方』と漢馬王堆房中医書の中に、その一部が残っていて、『玄女経』、『素女経』、『彭祖経』、『容成経』は概要がつかめるようになった。

また、この貴重な記録と関連し、「微旨」の論述から、魏、晋以前は容成が、それ以降は、玄女、素女、彭祖が有名だったことが分かるようになった。

黄帝は一二〇〇人の女と交わって登仙し、西王母は多くの童男と交わって若さを保ったと伝えられている。漢、三国時代の封建統治者たちも、色を漁り、淫楽に耽る者が多かった。方士を師にし、房中術を学んで、彭祖の教え「御女多益善」に励んでいたのだ。三国、魏の建国者、曹操は、方士の甘始や左慈たちと、一夜に七〇人の女を御したといわれている。

葛洪は、このように混迷していた神仙道教を集大成し、神秘化、巫術化しつつあった房中術を、本来の健康と長寿を目指す養生法にもどしたのである。しかし、修煉を積めば仙人になれるなど、虚幻的道家思想がそのまま踏襲されている。当時の風潮、そして士大夫だった葛洪の立場から判断して、致し方ないとする見解もあるが、この点に関しては批判的な見方が多い。

葛洪は、江蘇省、句容《こうよう》県の人。邵陵太守、葛悌の子。祖父の従兄、葛玄は名のある仙道家だった。幼い頃、玄の弟子、鄭隠から煉丹術を学んだ。一生、神仙長寿の法、房中養生術の研究を続け、晩年は広東省、羅浮山にこもり、丹を煉って尸解《しかい》したと伝えられている。

著述には、『抱朴子』の他に、『肘后救卒方』などがある。また『隋書』経籍志、『旧唐書』経籍志には、『玉房秘術』一巻、そして『新唐書』芸文志には、『葛氏房中秘術』一巻が記載されている。しかし、両書とも散佚してしまい現存しない。

『黄庭経』

初期、江南道教、上清派の主要経典。本山は、江蘇省句容県の茅山《ぼうざん》だから、茅山派とも呼ばれる。始祖は、西晋、天師道の女祭酒だったといわれている魏華存（二五一—三三四）。創教者は、弟子の楊羲。祭酒は、神に酒を供えて祭祀を司る者。魏華存は、巫女《ふじょ》だったという説もある。

西晋初頭、天師道は江南の地に伝わり、広がった。その一派、上清派の信奉者は、知識階級に属す上級士族が多く、民間道教の巫術、符水祈咒、食丹服食を軽視し、神仙信仰を核心にした房中養生と長寿を重視した。同じ江南の葛洪思想の流れをくむ所もあり、これと相まって東晋時代に大きな影響を及ぼしている。

魏華存は、死後も天界で修行を続けたといわれ、中国五岳の一つ、南岳衡山《こうざん》の守護神になった。それで、南岳夫人とも呼ばれている。

『黄庭経』には、『黄庭内景経』、『黄庭外景経』、そして『黄庭中景経』がある。

『黄庭内景経』は、魏華存が、景林真人から授かった秘蔵の草稿をまとめた物だといわれている。しかしまた、楊羲、或は彼と神明の契りを結んだ許謐の著だという説もあり、定かでない。

書聖、王羲之が『黄庭外景経』を書き写して、東晋、穆帝の白鵝《はくちょう》と交換したという有名な話があり、この書の真価が一層高まった。

『黄庭外景経』は『内景経』より古い。また南北朝の道士の作だという説もあり、はっきりしない。そしてもう一冊、『黄庭中景経』は、同じように成立年代も著者もはっきりしない。しかし、こちらは後代の人物の偽作だというのが定説で、一般に『黄庭経』という場合、『中景経』は含まれない。東晋、元帝、建武元年（三一七）に完成した葛洪の『抱朴子』遐覧に、『黄庭経』の書名が記されている。これは『内景経』のことを指しているといわれている。

さて『黄庭経』の内容だが、七言の韻文にして記憶しやすくした歌訣《かけつ》で養身修煉の原理が説き明かされている。後世の方術士から、「学仙之玉律、修道之金料（仙を学び道を修める金料玉条）」と奉られた。養身修煉には、気功が加えられており、詳しく説かれている。気功養生学の重要な経典でもあり、後世に大きな影響を与えた。

黄庭は、人体生理煉養の要所である。精を黄庭に至《や》り、気を黄庭に帰し、神を黄庭に入れて、固秘煉養すると長生きできる。

『外景経』では、黄庭は一箇所で、臍とその下の関元（任脈）の間、そして、幽闕（腎）と命門（督脈）の間の交差点に当たるとされている。

ところが『内景経』では、人体は上・中・下に分かれ、各々に八景二四真神がいるから、黄庭も三宮になっている。上宮は脳、中宮は心、そして下宮は脾にある。上宮は上丹田、中宮は中丹田、下宮は下丹田を管理しているのだ。

『外景経』が説く房中煉養は、精を洩らしすぎないようにして、しっかり貯め、気を煉り、長生きの源にする気功導引法だ。

精は、生命活動を支える根本的な物質である。古代養生学でも、精には先天と後天の精があると考えられていた。先天の精は、両親からもらった父精母血、先天生命物質である。臍下丹田に貯えられている。後天の精には生殖機能があり、腎に貯えられている。二つの精には相互関係があり、後天の精は、先天の精に助けられて活動し、また先天の精は、後天の精に養われているのだ。

道教の内煉は、先天の精気の煉養を重視している。できるだけ節欲固精し、神を凝らして気を臍下丹田に導き、精を煉らなければならない。そうすれば腎精の働きも自動的に活発になる。

『外景経』上部経第一――長生要慎房中急、棄捐淫俗専子精、寸田尺宅可治生、鶏子長留心安寧

長生きするためには、あせった房事を慎むべきだ。淫欲を捨てて、精を大切にする。臍下丹田は、生を司っている所だ。そこに先天の元気を長く留《とど》めておくと、安らかになれる。

玄膺気管受精府、急固子精以自持（喉の中央にある口蓋垂から、気を下丹田に導き、しっかり精を固めて出さないようにする。

閉子精門可長活

精の門を閉じると、長生きできる。

『内景経』では『外景経』と同様、精・気・神、三宝の煉養が説かれている。異る点は、体内は上・中・下に分かれ、頭、五臓六腑、丹田などに神霊が宿り、連絡を取り合って体内の宮殿を守っていると考えられていることだ。体内に意念を存思凝注させると、神霊もそれに応《こた》えてくれるといわれている。

道家、内煉術の根本原理は、精気を煉養し、洩らさずに保つことにある。そのためには淫欲を抑え、取り除くことが要求される。

内守堅固真之真、虚中恬淡自致神（内にしっかり真の真を守り、虚中で静かにしていたら、自然に神になる）。

閉塞命門保玉都、万神方酢寿有余（命門をしっかり閉ざし、神の都を守っていたら、万《よろず》の神は返杯をしてくれるから、いつまでも長生きできる）。

『黄庭経』が、道教にもたらした影響は大きい。節制して精を内に保つ煉養の基本原則は、それまで重視されていた房中術をしだいにおろそかにするようになる。その後、房中術に関する新しい理論と方法は、生まれなくなってしまう。そして唐以降、内丹双修派の房中術は、秘伝になってしまうのだ。

『褚氏遺書《ちょしいしょ》』

南北朝、斉の医者、褚澄（？―四九九）の著。字は彦通。陽翟《ようてき》（河南省禹県）の人。内容は、受形、本気、平脈、津液、分体、精血、除痰、審微、弁書、問子の一〇篇から構成されている。気血陰陽の奥儀、精血・津液学説の重視、病源の判別法など、『黄帝内経』に基づいた医学の基礎理論体系。この中の三篇、受形、精血、問子では、房事養生保健について、褚澄独自の見解を述べている。

受形――男女之合、二情交和。陰血先至、陽精後衝、血開裹精、精入為骨、而男形成矣。陽精先入、陰血後参、精開裹血、血実居本、而女形成矣。陽気聚面、故男子面重、溺死者必伏。陰気聚背、故女子背重、溺死者必仰。走獣溺死者皆然。陰陽均至、非男、非女之身；精血散分、駢胎、品胎之兆

男と女が交わると、情は一つになる。陰血が先にたどりつき、陽精が後から衝《ぶつ》かると、血が開いて精を裹《つつ》みこむ。精は中に入って骨《かく》（核）に変わり、男になるのだ。陽精が先にたどりつ

き、陰血が後からくると、精が開いて血を裹みこむ。血が本体《かく》になって女になるのだ。男は腹の方が重たいから、溺死した者は必ず俯《うつぶ》せになって浮く。陽気は体の前面に集まるからだ。女は背の方が重たいから、溺死した者は必ず仰向けになって浮ぶ。陰気は背の方に集まるからだ。獣の場合も同じである。また陰と陽が同時にたどりつくと、男女《ふたなり》になる。そしてまた、衝かって一つになった精と血が分散するようなことがあれば、双子か三つ子が生まれる。

受形――父少母老、産女必羸；母壮父衰、生男必弱、古之良工必察乎此。受気偏瘁、与之補之、補羸女、先養血壮脾；補弱男、則壮脾節色。羸女宜及時而嫁、弱男宜待壮而婚、此疾外所務之本、不可不察也

父は若く、母が年上の場合、女が生まれると必ず痩せていて元気がない。母は元気で父が虚弱な場合、男が生まれると必ずひ弱だ。昔の名医は、必ず両親を調べた。受け継いだ気が充分でないから、気を与えて子を補うようにする。痩せて元気のない女は、まず血の働きを高め、脾を強める。ひ弱な男は、脾を強め、色を慎む。痩せて元気のない女は、元気になってから稼ぐようにする。ひ弱な男は、強くなってから結婚するようにする。この疾患の原因は、当人の体にないから、両親を調べてみなければならない。

精血――精未通、而御女以通其精、則五体有不満之処、異日有難状之疾；陰已痿、而思色以降其精、其精不出、内敗小便渋道、而為淋；精已耗、而復竭之、則大小便道牽疼、愈疼則愈欲大小便、愈便則愈疼

精がまだ通っていないうちに、女と交わって精を通すと、体のどこかに無理が生じ、そのう

ちに難病になる。すでに陰痿になっているのに、色を思って精を降そうとしても外に出ない。中で腐り、小便が出にくくなって老人淋〔前立腺肥大症〕になる。精が消耗しているのに、とことんまで出すと、尿道や小腸が引きつって痛む。痛めば尚更大小便がしたくなる。便を出すと、更に痛む。

精血――女人天癸既至、逾十年無男子合、則不調；未逾十年、思男子合、亦不調、則旧血不出、新血誤行、或漬而入骨、或変之為腫、或雖合而無子。合男子多、則瀝枯虚人；産乳衆、則血枯殺人

　女は月経が始まって既に十年をすぎているのに、男と性交しなかったら、体に悪い。十年たたないのに男をほしくなり、交わってもよくない。旧《ふる》くなった血ではなく、新しい血が誤って出てしまう。また溜って骨に入ったり、腫れ物になったりする。或はまた性交しても、子が出来ない。男とやりすぎると、真液が抜けて衰弱する。子をたくさん産むと、血が枯れて命を落とす。

問子――合男女必当其年、男雖十六而精通、必三十而娶。女雖十四而天癸至、必二十而嫁。皆欲陰陽気完実而合、則交而孕、孕而育、育而為子、堅壮強寿

　性交は適齢期に達してからすべきだ。男は十六で精が通っても、嫁は三十になってからもらうほうがいい。女は十四で月経が始まっても、嫁ぐのは二十になってからのほうがいい。男も女も陰陽の気が充実してから、交わるようにすべきだ。そうすれば、交われば子が出来て、丈夫で長生きする子に育つ。

男女性別の原因、遺伝、優生など、褚氏の卓越した学説は、後世に大きな影響を与えている。

宋、武帝（在位四二〇―四二二）、劉裕の甥。尚書省左僕射《さぼくや》（次官）、褚湛の第二子。宋、文帝の娘、廬江公主の夫。

褚澄は宋、南北朝時代の人。身分は駙馬都尉《ふばとい》（天子の副車《そえぐるま》につける馬を司る官）。代は斉に移り、高帝（在位四七九―四八二）から呉郡太守の地位を授かる。その後、侍中《じちゅう》（天子に政務を奏上する官）、そして更に右軍将軍（近衛兵の隊長）にまでなった。皇帝の親族として、不自由のない豊かな一生を送った。

褚澄は医術に精通していた。王候貴族の侍医だったが、貧しい平民の病も治した。彼の名は、名医として世間に知れ渡っていた。褚澄が書いた『雑薬方』（一二巻）があったと伝えられているが、現存しない。ただ、唐末五代の人、蕭淵の偽作だという説もあるが、はっきりしていない。

遺書という題名が付けられた由来を、清、紀昀《きいん》ほか編『四庫全書総目提要』はこう説明している――唐末、黄巣が褚氏の墓をあばいた。石刻の医書が出てきたが、捨ててしまった。ある僧が、すばらしい内容なので写し取った。それをまた他の人が木版に彫って刷り、世に出した。それで『褚氏遺書』と名付けられたという。

『養性延命録』

南北朝、斉、梁の有名な医薬学家、道教養性学家である陶弘景《とうこうけい》（四五六―五三六）の著。字は通明、号は華陽隠居、諡《おくりな》は貞白先生という。

『養性延命録』は、神農・黄帝の時代から魏・晋に到るまでの養性書の集大成である。要点を簡潔にまとめ、繁雑を避けて上下二巻に分けられている。

上巻は、教誡、食誡、雑誡忌禳害折善の三篇。下巻は、服気療了病、導引按摩、御女損益の三篇。特に「御女損益」篇は有名だ。

今では散佚してしまっている『彭祖養性経』、『仙経』、『道林』、『子都経』など、房中術と関係のある初期養性書の一部も収められていて、貴重な資料になっている。

御女損益篇――道以精為宝、施之則生人、留之則生身。生身則求度在仙位、生人則功遂而身退。功遂而身退、則陥欲以為劇。何況妄施而廃棄、損不覚多、故疲労而命堕。天地有陰陽、陰陽人所貴、貴之合于道、但当慎無費

道は精を宝にしている。精を施すと子が生まれ、留《とど》めておくと養性になる。養性したら、不老長寿の仙人にもなれる。子が生まれたら望みはかなうが、体が損われる。それでも子がほし

くて懸命に頑張ろうとする。しかも、やみくもに施し、出しきってしまうから、気がつかないうちに体が損われてゆく。疲労がたまり、命を落とすことになるのだ。天地には陰陽がある。この陰陽は、人にとっても大事なものだ。大切にすれば、道にかなっている。むやみに減らさないよう気をつけなければならない。

陶弘景は、「御女損益篇」のこの冒頭の一節で、精を宝にして陰陽の交わりを大切にするのが道だと定義し、論証するために、初期養性書の中から、彭祖、天老（黄帝の家臣）など古代房中家の言葉を引用している。

彭祖曰、凡精少則病、精尽則死。不可不忍、不可不慎。数交而時一泄、精気随長、不能使人虚損。若数交接則瀉精、精不得長益、則行精尽矣

彭祖は言った。精が少なくなれば病気になり、精が尽きたら死ぬ。我慢し、慎まねばならない。数回交わって、たまに一回射精するようにして精気を養ってやれば、腎虚になって損われるようなことはない。毎回射精していたら、精は栄養がとれなくなり、尽きてしまう。

采女問彭祖曰、人生六十、当閉精守一、為可爾否？　彭祖曰、不然、男不欲無女、無女則意動、意動則神労、神労則損寿。若念真正無可思而大佳、然而万一焉。有強郁閉之、難持易失、使人漏精尿濁、以致鬼交之病

采女が彭祖に尋ねた。「六〇になったら閉精守一をしなさいというのは、それでいいのでしょうか？」彭祖が答えた。「そうではない。男は女を断とうとすると、反対に思いが女に向くようになる。そうなれば、神が疲れて寿命が短くなってしまう。気持をしっかり保ち、女を思わ

ずにおられるなら、それにこしたことはないが、そんな男はめったにいない。精は抑えて出さないようにしても、なかなか難しく出やすい。精は漏れて尿は濁り、鬼（霊）と交わる病になってしまう。

この他、天老の「優生」と「愛精」に関する話も引用されている。『漢書』芸文志に出ている『天老雑子陰道』の一部に違いないと見なされている。『養性延命録』は、既に散佚してしまった古代房中書の貴重な資料でもあるのだ。

陶弘景は古代房中養性思想をまとめ、更に深めて発展させた。その特長は、房中術と養性と気功の融合にあるといわれている。

陶弘景は丹陽秣陵（江蘇省南京）の人。考昌の県令、陶貞之の子。幼い頃から読書が好きだった。一〇歳のとき、葛洪『神仙伝』を読み、道士、煉丹家になる志を抱いたといわれている。

南朝、宋の末期、宰相になった蕭道成（後、斉の高帝）から、皇帝の親族に学問を教える師に推薦された。まだ二〇歳になっていなかったが、陰陽五行・暦算・天文地理・医術・本草などに精通していたからだ。

しかし、仕官する志はなく、後、辞職して仙道を修める。斉、永明一〇年（四九二）、三六歳で句容県の茅山（初名、句曲山）にこもる。東陽道士、孫游岳から、符図（護符）、経法（不変の法則）を学ぶ。道教、茅山宗を開く。その後、各地の名山を巡り、仙薬を探した。

四〇歳をすぎた永元初年（四九九）、三層の楼を建てて三階に住み、世間との交わりを絶つ。梁、武帝は陶弘景を招き、教を請おうとしたが応じなかった。

『南史』陶弘景伝――武帝毎有吉凶征討大事、無不前以咨詢。月中常有数信、時人謂為山中宰相（武帝は討伐の吉凶を判断するとき、必ず前もって意見を訊いていた。月の間にたびたび連絡を取っていたから、人々は陶弘景を「山中の宰相」と呼んでいた）。

後年、天監四年（五〇五）、四九歳のとき居を積金東澗に移す。穀物をとらず、仙人になる修行を続け、養性法を指導した。

大同二年（五三六）、八〇歳で尸解《しかい》（遺骸は残し、魂だけ抜け出して神仙に化すこと）し、仙人になったと伝えられている。

著作は『真誥』、『神農本草経集注』、『太清玉石丹薬要集』、『薬総訣』、『肘後百一方』、『養性延命録』など数が多い。

彼はまた三教（道・仏・儒）合流を主張し、実際に仏教にも帰依していた。茅山の道教寺院の中に仏堂を建立して、一日おきに礼拝し修行を続けていたと伝えられている。

この事は房中養性とは直接関係はないが、陶弘景を知るうえで注目に値する興味ある出来事なので、一言つけ加えておいた。

『玉房秘訣』

唐、張鼎《ちょうてい》撰、房中養生学の書。

張鼎は医薬学家、号は冲和子、また中和先生ともいう。生没年は未詳。

張鼎は、黄帝、子都、彭祖など古い房中家の教えを引用し、それに「冲和子曰」という自己の見解を加えて房中養生論を述べている。

冲和子曰、与男交、当安心定意、有如男之未成、須気至、乃小収情志、与之相応、皆勿振揺踊躍、使陰精先竭也。陰精先竭、其処空虚、以受風寒之疾。或聞男子与他人交接、嫉妬煩悶、陰気鼓動、坐起悁恚、精液独出、憔悴暴老、皆此也。将宜抑慎之

冲和子はこう言っている。男と交わるときは、心を静めて落ち着かねばならない。男がまだきざしていないなら、その気になるまで待つ。高まりを抑え、相手に合わせるようにする。腰を揺すり、体を震わせて先にいってはならない。陰精が出てしまうと空虚になり、風邪が入ってきて寒疾になる。或はまた男が浮気したことを耳にし、嫉妬して悩んでいると、陰気が昂ぶり、なにかにつけて腹が立ち精液がひとりでに出てしまう。やつれて急に老けこむのはこのためだ。気持を抑え、こんなことにならないよう慎むべきである。

彭祖曰、奸淫所以使人不寿者、未必鬼神所為也。或以粉内陰中、或以象牙為男茎而用之、皆賊年命早老速死

彭祖はこう言っている。やりすぎて早死にするのは、必ずしも鬼神の仕業によるとは限らない。媚薬の粉を陰中に入れたり、象牙を陰茎の代わりにして使ったりすると、体を損ねて老けこみ、早死にする。

冲和子曰、交換開目、相見形体、夜燃火視図書、即病目瞑青盲。治之法、夜閉目而交愈

冲和子はこう言っている。交わるとき目を開けて相手の体を見たり、夜、明かりを灯して本を読んだりすると目がやられ、目まいがして緑内障になる。治す法――夜、目を閉じて交わるといい。

『玉房秘訣』には、性交で生じた病を性交で治す法や九浅一深の詳細な説明など、実践と経験に基づいた貴重な房中養生法がまとめられている。一般の房中書と異なるのは、西王母《せいおうぼ》（古代の伝説上の仙女）の例を引き、女性も多くの男性と交わるのが不老長寿につながる養陰の道だと説いているところだ。

しかし、現代性医学から判断すると、中にはおかしい点もあると指摘されている。

『玉房秘訣』が最初に登場するのは、晋、葛洪『抱朴子』内篇・遐覧である。その次は『隋書』経籍志・子部医家類（六五六年）の中だ。書名は同じで一〇巻本と八巻本が記載されているが、『抱朴子』同様、撰者名はない。『旧唐書』経籍志では、『玉房秘録』冲和子撰、八巻となっている。そして北宋、

一〇六〇年に成立した『新唐書』芸文志では、『冲和子玉房秘訣』一〇巻となり、張鼎撰と記載されている。

晋の時代の『玉房秘訣』は旧本の可能性がある。また『隋書』に記載されている物は、伝本か増改本か定かでない。張鼎は、これらの晋から隋にかけて成立した本を参考にしてまとめた。そうではなく、以前の本は張鼎撰『玉房秘訣』とは別の物だという説もありはっきりしない。

張鼎には、『玉房秘訣』の他に、『中和先生中歯論』、『冲和子方請璇璣文』七巻などの著書があったが、散佚してしまっている。『食療本草』は『玉房秘訣』と同じように、他の本の中に引用されていた部分を編纂した輯佚《しゅういつ》（散佚した書物を探し求めてあつめる）本である。

張鼎撰『玉房秘訣』も、宋の時代に散佚してしまっている。日本、丹波康頼が平安中期、九八四年に編纂した『医心方』に、運よくその一部が残っていたのだ。それを葉徳輝（一八六四—一九二七）が編集し、一九〇三年、小冊子『玉房秘訣』附玉房指要として世に出した。そして更に一九〇七年、「双梅景闇叢書」全六冊の第一冊目に入れた。

『玉房指要』

著者は不明。成立年代は唐で、『玉房秘訣』とだいたい同じ頃だろうと考えられている。

道人劉京言、凡御女之道、務欲先徐徐嬉戯、使神和意感、良久乃可交接。弱而内之、堅強急退、進退之間、欲令疏遅、亦勿高自投擲、顚倒五臓、傷絶絡脈、致生百病也。但接而勿施、能一日一夕数十交而不失精者、諸病甚愈、年寿自益

道人、劉京はこう言っている。まずゆっくり戯れあってうちとけ、その気にさせてから交わるといい。これが女を御する道だ。半立ちで入れ、しゃんとしてきたらさっと戻すようにする。抜き差しは間をおいて、ゆっくりする。激しすぎると五臓がひっくり返り、経絡がおかしくなってさまざまな病が生じる。接するだけで、施瀉してはならない。一日のうちに数十人の女と交わり、精を漏らさずにおられたら、いろいろな病もすぐ治り、寿命は延びるようになる。

令女玉門小方。硫黄四分、遠志二分、為散絹嚢盛著玉門中即急。又方、硫黄二分、蒲華二分、為散三指撮著一升湯中、洗玉門二十日、如未嫁之僮

女の玉門を小さくさせる処方。硫黄四分、遠志《おんじ》二分を粉末にし、絹の袋に入れて玉門に挿入するとすぐ閉まる。別の処方。硫黄二分、蒲華《ほか》二分を粉末にする。一升の湯の中に三回つまんで入れ、玉門を洗う。二〇日で処女のように窄《せば》まる。

分は約五グラム。なお天然硫黄は猛毒の砒素を含んでいるから、常用すると問題がある。

丹波康頼が『医心方』に、『玉房指要』から引用している部分はわずかである。葉徳輝が編纂した新刊『玉房秘訣』に付け加えた部分も、七〇〇字余りしかない。房中養生の要点だけをまとめた小冊子だったのではないかという説もある。

『洞玄子』

作者はどんな人物だったか不明である。

内容は天地陰陽に基づく性の原理から始まり、愛撫の重要性（百慮竟解）、交合・射精法、そして胎教、陰痿、婦人陰寛冷の治療法など、引用部分を再編集したとは思えないほど筋の通った解説になっている。また説明もていねいで、特に体位三〇法は日本の四八手の原型だともいわれている。

洞玄子曰、夫天生万物、唯人最貴。人之所上、莫過房欲。法天象地、規陰矩陽。悟其理者、則養性延齢。慢其真者、則傷神夭寿。至于玄女之法、伝之万古、都具陳其梗概、仍未尽其機微。余毎覧其条、思補其闕、綜習旧儀、纂此新経。雖不窮其純粋、抑得其糟粕。其坐臥舒巻之形、偃伏開張之勢、側背前却之法、出入深浅之規、並会二儀之理、倶合五行之数、其導者、則得保寿命；其違者、則陥于危亡。既有利于凡人、豈無伝万葉

洞玄子はこういっている。天は万物を生み、人間を最も貴いものとした。人にとって性欲を抑えることが何よりも大切だ。性欲は天地陰陽の道に基づいている。この理を悟れば、性欲は養えて年が延びる。この真理をおろそかにすると、神は傷つき寿命が縮む。玄女の法はこの原

理を伝えようとしているのだが、大まかなことは分かっても、こまかいところまで教えていない。私は読むたびに、補足したいと思っていた。昔の方法を研究してまとめ、編纂したのがこの新しい経典である。真髄を窮めたとはいえないが、無意味な部分は削除できたと思う。座ったり寝たりして伸び縮みさせる形〔状態〕、仰向けたり俯《うつむ》けたりして進める勢〔体位〕、横あるいは後ろから攻める法、出し入れ深浅の要領は、陰陽の理にかない、五行の数に合うものなのだ。この道に従う者は寿命が延び、守らない者はひどい目にあって命を亡くす。人にとって有益なことを、後世に伝えずにおく法はない。

洞玄子は、当時重視されていた玄女の経典にものたりず、古代房中家の教えを取捨選択してまとめたといっている。葉徳輝は、古代房中家の容成公、そして『漢書』芸文志ではその次に並べられ、一番多い三六巻もの陰道書を残している務成子、この二人の大家が洞玄子の手本になったと判断したのだ。また洞玄子の玄は、玄女から取ったのではないだろうか。

凡深浅遅速、捌捩東西理非一途、蓋有万緒。若緩衝似鯽魚之弄鉤、若急蹙如群鳥之遇風、進退牽引、上下随抑、左右往還、出入疏密、此乃相持成務、臨事制宜、不可膠柱宮商、以取当時之用

深浅に遅速を加え、突いて左右をこねる法は、こうだと決ったものはなく、千変万化の妙趣がある。鯽《ふな》が釣針の餌をたべるように軽く突く。鳥の群が風に乗るように急に高める。押したり引いたりする出し入れにともなう上下左右の腰使いと間の取り方は、たがいに工夫して合わせ、臨機応変にする。「琴柱《ことじ》に膠《にかわ》して琴をひく」ようではだめだ。

洞玄子云、凡欲洩精之時、必須候女快、与精一時同洩。男須浅抜遊于琴弦、麦歯之間、陽鋒深

浅如孩児含乳、即閉目内想、舌拄上腭、跼脊引頭、張鼻歙肩、閉口吸気、精使自上、節限多少莫不由人、十分之中只得洩二三分矣

洞玄子は言っている。いきそうになっても、女がよくなるまで待って、一緒にいくようにする。抜いて少しだけくわえさせ、赤ん坊が乳首を吸うようなぐあいにして、琴弦〔中一寸〕と麦歯〔中二寸〕のあたりで出し入れさせる。目を閉じて思いを内に凝らし、舌を上顎につけ、背筋を縮めて首を引っこめる。鼻の穴を開いて肩をすくめ、口を閉じて気を吸う。精はひとりでに戻る。どのくらい我慢するかは人によってまちまちだが、とことんまでこらえて少しだけ洩らすようにする。

子供がほしいときは、射精の方法を変えるように教えている。

交接洩精之時、候女快来、須与一時同洩、洩必須尽。先令女正面抑臥、端心一意、閉目内想受精気

精を洩らすときは、女がいきそうになるまで待ち、一緒にいかしてとことん出し尽す。まず最初に女を仰向きにして、心を静めて気持を集中し、目を閉じて精気を受け摂《と》ってくれるよう念じる。

『洞玄子』の名前は、『隋書』経籍志、『旧唐書』経籍志、『唐書』芸文志にも載っていない。唐、白行簡『天地陰陽交歓大楽賦』の註の中に、初めて出てくる。

『素女経』、『玉房秘訣』などと同じように、日本、平安中期、丹波康頼が編纂した『医心方』巻第廿八・房内の中に残っていて、だいたいどんな本だったか分かるようになった。やはり葉徳輝（一八六四—一九二七）が再編集して、一九〇三年、観古堂から小冊子にして世に出し、更に一九〇七年、「双梅景闇叢書」全六冊の中、第一冊に入れた。彼は「新刊洞玄子序」で、こう述べている。

要是北宋以前古書、其文辞爾雅、多似六朝人綺語、非雑事秘辛、控鶴監記諸偽書所可同日論也（要するにこれは北宋以前の古書で、六朝時代の美辞麗句を用いた文によく似ている。『雑事秘辛《ざつじひしん》』や『控鶴監《こうかくかん》記《き》』などの偽書と同じにして論じられるものではない）。

洞玄子者其亦容成務成之流亜、与書中臚列三十法為後世秘戯之濫觴、要其和血脈去疚疾（洞玄子というのも、容成や務成の流れをくむ人物である。本の中に列挙されている三〇法は、後世の秘戯の手本になった。要するに血の流れをよくして、病気を治す法なのだ）。

体位三〇法の四番目、叙綢繆、申繾綣、曝鰓魚、麒麟角までは愛撫の法。続いて蚕纏綿（繭《まゆ》をつくる蚕《かいこ》）、竜宛転（わだかまる竜）、魚比目（寄り添う魚）など細詳にからみの技法が説かれている。

『医心方』

『医心方』三〇巻は、日本の鍼博士、丹波康頼が隋、唐時代にまとめられた医学書を集めて、九八二年（平安時代）に編纂した現存する最も古い医書だ。鍼灸、薬物、服石（薬石を飲む）、食事療法など臨床に基づいた病気の治療法、更に養生、房内など延年法の内容になっている。巻第二八、房内部では、房中術に関して心身両面に亘り、具体的に解説されている。

巻第二八、房内部では至理、養陽、養陰など三〇項に分けて天地陰陽の道に基づいた養生修練、快楽の追求ではない不老回春、以人療人の房中術が説かれている。

第二〇項、治傷――《玉房秘訣》巫子都又云、夫陰陽之道、精液為珍、即能愛之、性命[1]可保。凡施瀉之後、当所[2]女気以自補。復建九者、内息九也。厭一者、以左手煞[3]陰下、還精復液也。取気者、九浅一深也。以口当敵口、気呼以口吸、微引[4]引無咽之、致気以意下也、至腹、所以助陰為陰力、如此三反、復浅之、九浅一深、九九八十一、陽数満矣。玉茎堅[5]出之、弱納之、此為弱入強出。陰陽之和、在于琴弦、麦歯之間、陽困昆石之下、陰困麦歯之間、浅則得気、遠則気散。一至谷実傷肝、見風涙出、尿有余瀝；至臭鼠[6]傷腸肺、咳逆、腰背痛；至昆石、傷脾、腹満腥臭、時時下痢、両股疼。百病生于昆石、故傷交接、全時不欲及遠也。

治傷――『玉房秘訣』で巫子都はまたこう言っている。陰陽の道（陰と陽の気が一つになる性交法）では、精液（気が液化した物質）は貴重だ。大切にできたら命も長く保てる。施瀉（射精）したときは、女の気を採って補うようにするといい。復建九（陽気を回復させる）というのは、女の息を九回吸うことだ。圧一（一回圧す）というのは、左手で陰茎の根元をぐっと圧さえ、出ようとする精液を還して体内に留めておくことだ。取気（気を採る）というのは九浅一深の一深のとき、口を敵（女）の口に当て、吐く気を吸い、少しずつ静かに喉へ送り込みながら気に変え、意念（心の目）で下へおろして腹へ導き、陰茎を助けて陰力を強める。これを三回繰り返してから、陰茎を少し抜いて浅くする。同じように九浅一深で進め、九×九・八一回に達したら止める。陽数（奇数）が満ちたからだ。玉茎は堅く張り切っているから、そのまま抜き、張りがなくなり弱ってきたら、また入れる。これが弱入強出だ。陰陽（気）が調和するのは、琴弦《きんげん》（膣の中一寸）と麦歯《ばくし》（中二寸）の間だから、浅いと気が採れ、深いと気が散る。一深で谷《こく》実《じつ》（中五寸）まで入れると肝を傷めるから、涙が出たり、尿をちびったりする。臭鼠（中三寸）まで入れると肺を傷めて咳こみ、腰や背が痛くなる。昆石《こんせき》（中四寸）まで入れると脾を傷め、腹が張り、息が臭くなる。時々下痢をして股が痛む。百病の元は昆石だから、性交で体を傷めることになる。交わるときは無闇に奥を突かないようにする。

《『玉房秘訣』》唐、張鼎撰、房中養生術の経典。〈巫子都〉前漢、武帝が教えを請うた仙人。〈寸〉同身寸といい、鍼灸術で経穴の位置を確かめるときに用いられる尺度。男は左手、女は右手、中指の頭から第一関節までがその人の一寸になる。

接女不洩、浅内徐動、弱入強出、九浅一深などは、無理をして陰陽の均衡を無くした体を性交で治す、人で以て人を療《いや》す（以人療人）といわれる中医学独特の方法なのだ。女の精気を採るには、浅く入れるのがいいのである。

①原作〝令〟、形誤、据旁校引一本改（命は原本では令となっていたが、他の資料に基づいて訂正した）②《札記》曰：〝所，恐，取。〟（『札記』は恐らく取だといっている）③《札記》曰：〝煞，恐，撥。〟（『札記』

は煞は恐らく掇だといっている）④《札記》曰：〝,引二, 即,引引,〟（『札記』は引二は引引だといっている。二は重文記号。誰かの写し間違いだから引引に訂正した）⑤原作は竪となっているが誤字なので訂正した。⑥《札記》曰：〝,腸,字恐衍〟（『札記』は腸の字は恐らく余分だといっている）

第一部では、日本で国宝になっている半井《なからい》家本『医心方』を底本にして校注をほどこし、更に第二部では、中日両国の専門家による『医心方』に関する総体的な説明を付け加え、現存する解説書の中では一番信頼のおけるものだと謳っている。歴代中医名著文庫（一七冊）の中の一冊として、高文鋳等が校注を当担し、一九九六年、北京、華夏出版社から刊行されている。

総目録の内、最初の《医心方》校注は簡略化した。

《医心方》校注

校注説明、《医心方》目録――巻第一　治病大体部、巻第二　忌鍼灸部、巻第三　中風部、巻第四　鬢髪部、巻第五　頭面部、巻第六　胸腹痛部、巻第七　陰瘡並谷道部、巻第八　手足部、巻第九　咳嗽部、巻第十　積聚並水腫部…巻第二十一　婦人部…巻第二十三　産婦部…巻第二十八　房内部…。

《医心方》文献研究

《医心方》作者世系生平及著述考証（谷田伸治）、《医心方》成書因素探討及書名解題（杉立義一）、《医心方》版本源流考略（杉立義一）、《医心方》歴代整理研究諸家考評（谷田伸治）、半井家本《医心方》現状考察研究（杉立義一）、半井家本《医心方》訓点附注按語考察研究（杉立義一）、半井家本《医心方》俗字研究（銭超塵）、半井家本《医心方》書写符号及校改標記研究（高文鋳）、《医心方》基本内容概述（孫中堂）、《医心方》編撰方法概述（高文鋳）、《医心方》引用文献考略（高文鋳）、《医心方》文献史料価値研究（高文鋳）。

附録

安政本刻《医心方》序、安政本刻《医心方》跋。

Ⅲ　五代十国・宋・金・元の時代

『混俗頤生録』

体験に基づいた養生の書。

『混俗頤生録』は、飲食・飲酒・春時・夏時・秋時・冬時・息労・患風・戸内・禁忌の一〇章に分けられている。そして各章の題の後に消息という言葉がつけられている。消息は、体験に基づいた観察という意味だ。従来の養生書の教えを、劉詞が試して書きためた記録である。

第九章、戸内消息と第一〇章、禁忌消息では、房中養生に触れている。

戸内消息――天地氛氳、万物化淳。男女媾精、万物化生。此人生調息性命之根本、摂生之所由。凡人謂之不稽、実曰野哉。夫一戯、二十已前時復、三十已前日復、四十已後月復、五十已後三月復、六十已後七月復。《道経》云：六十閉戸者、言人疏于学性、已損于未萌。以此戒之、猶多病患。噫、夫世人不能蓄養元和之気、保惜形容、妄服丹砂資助情欲、奢忲則神魂不附于身、茫茫失涂、精魄俱喪、兀然質朴、旨趣都忘。或有功未就、或有始未成、生涯落然、身嬰痼疾、夜起不得枕席、是以労厲妻孥、綿綴歳序、良由不知道性、貪徇庸情而已哉。

天と地の気が混ざり合い、万物は育まれる。男と女の精が一つになり、万物は生まれる。これが生まれて息をしている人間の命の根元だから、生気を損わないよう注意し、健康を保たなければならない。凡人は根も葉もないことだというが、とんでもない話だ。

一度性交をすると、元気が戻るまでに、二〇歳までだと一時間、三〇歳までだと一日、四〇を過ぎると一月《ひと》、五〇を過ぎると三月《み》、六〇を過ぎると七ヵ月かかる。『道経』は、六〇になったら精を洩らすなと教えている。潜んでいる病気に体をやられることになる。どんな病気が出てくるか分からないから、用心しろと諭しているのだ。

それなのに世間の人は元和の気を養って、体を大切にしようとしない。いたずらに丹砂を服用して情欲を刺激させ、むちゃをする。神《しん》と魂が体から離れて、頭がぼうっとなり気力がなくなる。精と魄が尽きて虚脱状態になり、何ごとにも興味を失ってしまう。手柄を立てることもできず、やり始めた仕事も中途半端になり、みじめな生涯を送るようになる。病がちになり、夜は一物がいうことをきかない。妻につらい思いをさせて、月日がいつの間にか過ぎ去ってゆく。

房中養生の道にうとく、本能の赴くままにしているから、こんなことになるのだ。

禁忌消息——又忌名山大川、神樹廟宇、宮観古壇、社樹之処。星辰日月之処、灯燭六畜之前、不可会合、犯之損寿、子息蠢愚、深宜戒慎。又毎年五月十六日是天地交会之辰、特忌会合、主減算寿、損陽道、終身不復、曽見犯者有験、大約五月是人蛻精神之月、老者奪之、少者加之。宜安居静慮、節嗜欲、制和心志、冀安用。況夏月心旺腎衰、腎化為水、待秋乃凝、冬始堅。夏中最須保惜、尤為要妙。凡所愚年高于身者、不可犯生月、大者猶不許、況其年高乎？　陰倍于陽、大損男子；陽倍于陰、亦損女人、是以伯楽相馬之義耳。又忌薄唇大鼻、疏歯黄髪、皮燥痼疾、情性不和、莎苗強硬、声雄肉渋、肢体不膏、性専妬忌、生痣既多、已上並不可犯之。

名高い山、大きな川、神樹、神社仏閣、道教寺院、古い祭壇、社《やしろ》の樹などがある場所で交わってはいけない。星、月、日が出ている所、明かりが灯っている所、そしてまた六畜〔馬・牛・羊・鶏・犬・豚〕の傍で交わってはいけない。守らないと寿命が縮まる。愚かな子供が生まれる。くれぐれも慎まなければならない。

毎年、五月一六日は天と地が交わるときだから、性交は絶対に避ける。命を縮める。陽道が損われて、一生、元に戻らない。守らずに罰が当たった者を見たことがある。

五月は精と神が変化する月だ。年を取った者は弱くなり、若い者は強くなる。静かにして、よけいなことは考えないようにする。節制して心を安らかに保ち、無理をしないようにしてほしい。

そのうえ夏は心が盛んになり、腎は衰えて水化する。秋がくると凝まり、冬に元に戻って堅くなる。夏の間は無理して交わってはいけない。これがなによりいい方法だ。

出会った相手が年上なら、生まれた月に交わってはならない。年上の者は、だてに年を取っていないのだから、手本を示すべきだ。女が男より上だと、男に害がある。逆だと女にも害がある。伯楽が馬をよく見て選んだのと同じことだ。

また次のような女と交わってはならない。薄い唇、大きな鼻。透き間のある歯、黄色い髪。肌がかさかさしていて、持病がある。性格がきつい。陰毛がごわごわしている。声が男のようで、筋肉質。手足そして体に潤いがない。気ままで嫉妬深い。痣《あざ》が多い。

五代の時代もまだ天地陰陽の道を敬い、古代の房中養生の禁忌を信じ、守っていたことが分かる。

著者、劉詞（八九一—九五五）は元城（河北・大名県）の人。字は好謙、晩年の号は茅山処士。五代、後梁、貞明（九一五—九二〇）の間、鄴の帥（軍の司令官）になって、楊師厚の下に身を寄せ、勇名を轟かす。後唐の時代は、皇帝、荘宗（在位九二三—九二六）の麾下。その後、後周、世宗（在位九五四—九五九）に仕え、永興の節度使になり、侍中と京兆（長安から華県までの地方）の尹（長官）を兼務した。

顕徳二年、六五歳で死亡。謚は忠恵。

『雲笈七籤』

北宋、張君房が編纂した道教の類書。

房中養生と係わりがあるのは、巻一一と一二だ。初期道教、江南地方上清派の経典、『黄庭経』などを引用して、「固精」、「節欲」の重要性が説かれている。

巻一一「呼吸章」——結精育胞化生身、留胎止精可長生

精が結ばれると胎児になる。子供を作らないようにして精を止めると、長生き出来る。

続いて上清真人の口伝の秘訣が摘録されている。

夫学仙之人安心養神、服食治病、使脳宮塡満、玄精不傾、然後可以存神服気、呼吸三景。若数行交接、漏泄施瀉者、則気移神亡、精霊枯竭

仙道を学ぶ人は、心を安らかにして神《しん》を養い、服食をして病を治す。玄精を脳宮に満たして出さないようにすれば、神が溜る。そうすれば、気を採り入れて三景に回《めぐ》らすことが出来る。交接をたびたび行い、精を施瀉していると、気が移り神が亡《な》くなって精霊が枯渇してしまう。

学生之人、一交接則傾一年之薬勢、二交接則傾二年之薬勢。過此以往則不止之、薬都傾于身。是以真仙常慎于此。以為生之大忌也

学生（養生法を学ぶ）人は一回交接すると、一年分の精力がなくなり、二回交接すると、二年分の精力がなくなる。そのまま続けていると、精力は皆、体から抜けてしまう。真仙は常に慎むよう諭している。命を損う元だ。

巻一一「瓊室篇」――長生至慎房中急、何為死作令神泣、忽之禍郷三霊歿、但当吸気録子精。若当決海百瀆傾、葉去樹枯失青青。気亡液漏非己形、専閉御景乃長寧。急守精室勿妄泄、閉而室之可長活

長生きするには、房中を慎むことが何よりも大切だ。なぜ無理をして、神（心）を泣かせるようなことをするのだろう。房中を疎かにしていると、禍は郷に及び、三霊〔脳海、絳宮〈心〉、腹下にいる霊台、霊爽、霊精。体内の三虫〕が死んでしまう。気を吸って子精《こだね》をとどめなければいけない。はじき出してばかりいると、葉は散り樹は枯れて、緑は失われてしまう。気は無

くなり、液は漏れて体を傷める。しっかり閉ざし、景を御してこそ、いつまでも安らかにしておられるのだ。精を守り、いたずらに泄《も》らしてはならない。閉ざして中に入れておけば長生き出来る。

また巻五六「元気論」、巻六〇「慎守訣」、巻六四「陰丹秘訣霊篇」は、皆房中秘訣である。

張君房は、湖北、安陸の人、景徳の進士。真宗（在位九九七―一〇二二）の勅令により、大中祥符五年（一〇一二）、『大宋天宮宝蔵』の撰録を始めた。そして、天禧三年（一〇一九）、それ以前の道教経典を集大成したこの「道蔵」の書を完成した。張君房は更にこの中から重要な部分を抜き出し、整理編集して『雲笈七籤《うんきゆうしちせん》』にしたのだ。

「雲笈」は蔵書箱。「七籤」は三洞と四輔の七部から成り立っているので、総称して七籤という。籤は「書付」という意味だ。

天宝君洞真の記録が上乗、霊宝君洞玄の記録が中乗、神宝君洞神の記録が下乗。この三部が三洞だ。補経の太玄、太平、太清の三部と、正一・法文・遍陳の三乗を一部として合計四部。これが四輔である。

内容は、経典の主旨、仙人・真人の経歴、斎戒、服食（丹薬の服用）、煉気、内・外丹、方術、方剤（処方薬）、詩歌・伝記など一万余条。道蔵を「千字文」の文字順に編成してゆく方法は、この書から始まったといわれている。

『雲笈七籤』の編纂には、「述而不作」、即ち原文を摘録するだけで論説は加えない記述法がとられている。その後、『大宋天宮宝蔵』は散佚してしまう。幸い『雲笈七籤』に、北宋以前の道教経典の主要部分が残っていた。この書は、道教研究の大切な資料になっている。

尚、『雲笈七籤』は、明、一六〇七年に成立した現行本『道蔵』の第六七七から第七〇二冊目に収められている。

『悟真篇』

北宋、張伯端（九八七―一〇八二）著、道教内丹法の経典、『道徳経』、『周易参同契』の教義に基づき、双修によって金丹を煉る法が説かれている。自序には熙寧八年（一〇七五）と記され、最後に「禅宗歌頌」三二首と後序が付いている。

張伯端は中年になって、四川、成都（一説では青城山）で真人、劉海蟾と出会う。内丹道を伝授され、紫陽真人と呼ばれるようになった。更に修煉を積み、『悟真篇』、『金丹四百字』、『青華秘文』などを書いた。しかし、後の二冊は偽書だという説もある。

人人本有長生薬（人には本来、長生薬が備わっている）。何須尋草学焼茅（薬草を探して、茅を焼く法を学ぶ必要はない）。休煉三黄及四神、若尋衆草更非真（三黄と四神を煉るのをやめても、さまざまな薬草を探すなら、いっそう馬鹿げている）。

〈三黄〉煉丹によく使われた三種の鉱石薬。雄黄、雌黄、砒黄。〈四神〉焼煉して金丹を作る四種の原料。鉛、銀、砂、汞（水銀）。どちらも外丹の薬材。

取将坎位心中実、点化離宮腹内陰（坎中の実［☵］を取り、離宮腹内の陰［☲］に点化する）。これは双修法で女の陽精を採り、男の陰精に点化させて純陽［☰、仙］にするという意味だ。『悟真篇』は難解なので、『悟真外篇』、『悟真篇注釈』など解説書は多い。『悟真篇』は、『道蔵』第一二六、第一二七に収められている。

尚、張伯端の一派は「南宗」、或は「紫陽」派とも呼ばれている。

『延寿第一紳言』

著者の愚谷老人は、書かれている事柄から判断すると、南宋の人だということが分かる。しかし、生没年代、生涯は不明。

『延寿第一紳言』は、「長生きするための大切な覚書」という意味だ。内容は二七条に分けられている。

第一条から八条は、肉欲に耽る害。

第九条から一六条は、跡取り息子と優生の問題。

第一七条から二二条は、節欲と保精。

第二三条から二七条は、気功修煉と保養精気が取り上げられている。

前人の房中養生理論を理学思想に基づいた儒家の立場から、おかしい点を指摘している。特に第一条から八条「肉欲に耽る害」では、程朱学派の理学論の引用が多い。

三谷子《金丹百問》、其三十八問云：人之生、如何分男女陰陽？　曰：男先感而後女応之者、必生男也；女先感而後男応之者、必生女也。男女神和気順精前、即生端正福寿之人；若神傷気憊精虧者、即生怪状殀薄之人。三谷子姓邱、名山、字安道、江右南城人、三谷其所居也。乾道初、遇金華老人、得金丹之術、遂作此書

三谷子『金丹百問』の第三十八問は「人は生まれるとき、どのようにして男女陰陽に分かれるのか？」だ。三谷子はこう言っている。「男が先に感じ、女がそれに応じると必ず男が生まれる。女が先に感じ、男がそれに応じると必ず女が生まれる。男女の神《しん》が一つになり、気が通い合い精に満ち溢れると、五体満足で長生きできる子が生まれる。もし神が傷ついて気が弱り精が足りないと、畸形で早死にする子が生まれる」。三谷子、姓は邱、名は山、字は安道。江西省南城の人。三谷は住んでいた所だ。乾道の初め金華老人と出会い、金丹術を会得する。そして、この書を残した。

《東漢書・馬勒伝》云：勒祖偃長不満七尺、常自罪短陋、恐子孫似也、乃為子伉娶長妻、伉生勒、長八尺三寸。世降欲末、江南仕大夫往往溺于声色、娶妻買妾、皆求其稚歯而嬌嫩者、故生子皆軟弱多病而亡。甚而酔以入房、神思皆乱、雖得子、亦不慧

『後漢書』馬勒伝にこう記されている。「勒の祖父は背が七尺にも満たなかった。小さいのを常に気にしていた。子や孫が同じようになるのではないか心配だったのだ。そこで息子には背の高い女を娶らせた。そして勒が生まれる。成長して彼は八尺三寸になった」。時代は移り、今の世は乱れてしまっている。江南の士大夫は女色に溺れ、妻を娶るのも妾を買うのも、年のいかないきゃしゃな女ばかり求めようとする。生まれる子は体が弱く、病気になりがちで亡くなる者が多いのはこのためだ。そしてまた甚だしいのは酔って閨房に入ることだ。精神状態がおかしくなっているから、たとえ子が出来ても頭の悪い子になってしまう。

《褚氏遺書》云：陰血先至、陽精後衝、血開裹精、精入為骨、而男形成。是陽精先如、陰血後参、精開裹血、血入居本、而女形入矣。施肩吾《鍾呂伝道集》云：父精先進、母血後行、血包于精而為女；母血先進、父精後行、精包于血而為男。肩吾蓋祖褚氏之説、与三谷子之説相反、不可不弁。予三十年前嘗与燕山温次霄総管夜語生男女之分、次霄深取三谷子与儲華谷之説、且曰：孫思邈一日二日之説不足取。至論白玉蟾気血盈虚似月魄之説、則証以《素問》所謂月始生、則気血始精；月郭満、則気血実；月郭空、則経絡虚、蓋気血自月上弦至望則盛、自下弦至晦則衰。月郭満、魚脳実；月郭空、則魚脳減、蛤与蟹皆然。《呂氏春秋》与《淮南子》皆不誣也。愚嘗見士大夫之未得子者、毎以此語之、多有得子者。然育与不育、則有天命存焉、非人之所能為也

『褚氏遺書』はこういっている。「陰血が先にたどりつき、陽精が後から衝《ぶつ》かると、血が開いて精を裹《つつ》み込む。精は中へ入って骨《かく》に変わり男になる。陽精が先にたどりつき、陰血が後からくると、精が開いて血を裹み込む。血が本体《かく》になって女になる」。施肩吾は『鍾呂伝道集』で

こういっている。「父精が先に入り、母血が後から行くと血は精に包まれて女になる。母血が先に入り、父精が後から行けば精は血に包まれて男になる」。眉吾は褚氏の説に基づいて三谷子の説に反対しているから議論せざるを得ない。私は三〇年前になるが、燕山の温次霄と男女を生み分ける法について、一晩語り明かしたことがある。次霄は三谷子と信華谷の説をいろいろ取り上げ、更にまた孫思邈の〈一日二日の説〉は取るに足りないとも言っていた。そのうちに白玉蟾の説、気血の盈虚は月に似ているという話になった。この説は『黄帝内経・素問』に裏付けられている。こういっているのだ。「月が円くなるにしたがい気血に精がついてくる。満月になると気血は満ちる。そして欠けてしまうと経絡は虚になる」。気血は上弦から望まで盛んだ。下弦から晦まで衰える。満月だと魚の脳も活発になり、欠けてしまうと鈍る。蛤と蟹も同じだ。『呂氏春秋』と『淮南子』に虚言はない。愚谷は子供に恵まれない士大夫に会うと、この話をして聞かせた。多くの者に子供が出来た。しかし育つか育たないかは、天命の問題だ。人の力が及ぶものではない」

〈一日二日之説〉孫思邈が『千金要方』で教えている男女を生み分ける法。月経が終わった一日目は男、二日目は女が出来るという。〈白玉蟾〉南宋の道士（一一九四—一二二九）。

酒を飲んだときに交わって出来た子供は頭が悪いという説は、遺伝、免疫、優生優育などの問題を研究している現代性科学の見解とも一致している。

『婦人大全良方』

宋以前の産婦人科に関する医学書を整理・編集した宝典。

内容は調経、衆疾、求嗣、胎教、妊娠、疾病、座月（産褥）、産難、産後の八門からなり、前の三門は婦人科の疾病、後の五門は産科について説かれている。

各門の後に症状が記され、更に病因、予防法、治療法、薬の処方が臨床経験に基づいて具体的に記録されている。また症状についての論述の数は、全部で二六九項目にも達していて、実用的な医学宝典になっている。

特に注目に値するのは、前人の業績を列記しただけでなく、陳自明独自の見解が付記されている点だ。示唆に富んだ所見が多く、後世の医家の鑑にされた。

巻八「衆疾」――婦人交接他物所傷方。一婦人交接出血作痛、発熱口渇欲嘔。或用寒涼之薬、前症益甚、不時作嘔、飲食少思、形体日痩。余曰：症属肝火、而薬復傷脾所致也。先用六君加山梔、柴胡、脾胃健而諸証愈、又用加味逍遥散而形気復。

婦人が交接をし、陰茎で傷がついたときの治療処方。ある婦人は交接すると出血して痛む。熱が出て口が渇き、吐き気がする。寒涼薬を飲んだが症状は更にひどくなり、吐いてばかりいて食欲がなく、だんだん痩せてきた。私は言った。「これは肝火が原因です。それと薬が脾を傷めています。六君に山梔と柴胡を加えて飲むと脾と胃が強くなり、諸《もろもろ》の症状は治ります。更に加味逍遥散を飲むと体力が戻ります」。

一婦人陰腫下墜、悶痛出水、胸腹不利、小便頻数、内熱晡熱、口苦耳鳴、此肝脾火症。用小柴胡加車前、胆草、苓、術、升麻、一剤稍愈；又用加味逍遥加升麻、数剤漸愈。乃以加味帰脾加升麻、柴胡、並補中益気加山梔、数剤頓愈。仍用加味逍遥、加味帰脾二薬調理痊愈。

ある婦人は交接すると陰部が腫れて垂れてくる。にぶい痛みがあり、じくじくしている。胸と腹がすっきりせず、小便の回数が多い。内臓が熱を持ち、夕方になると熱が出る。口が苦く、耳鳴りがする。私は言った。「これは肝と脾の火症です。小さな柴胡に車前、胆草、苓、術、升麻を加えて飲む。一服で少しよくなります。今度は加味逍遥に升麻を加えて数回服用すると、じょじょに回復します。そこで加味帰脾に升麻と柴胡を加えた物と、補中益気に山梔を加えた物を合わせて数回服用すると、すっきりします。更に加味逍遥と加味帰脾を調合して飲むと全快します」。

《集験方》療女人交接、陽道違理及他物所傷犯、血出流離不止。取釜底墨、断葫芦、塗薬内之。又療女童交接、陽道違理、血出不止方：焼髪並青布末為粉塗之。又方：割鶏冠血塗之。

『集験方』女が交接をし、男にむちゃなことをされて陰茎で傷が付き、血が止まらなくなったときの治療法。釜底の煤《すす》を集め、取った瓢箪に塗って中に入れる。また女童《しょじょ》が交接をし、むちゃをされて血が止まらなくなったときの治療法。髪の毛と黒い布をこまかく切って焼き、粉にして塗る。或は鶏のとさかを切り、血を塗る。

巻八「衆疾」――婦人小戸嫁痛方。《千金》療小戸嫁痛連日方：甘草三分、白芍薬二分、生薑三分、桂心一分。右四味細切、以酒二升煮取、三沸、去滓温服、神良。

又療小戸嫁単行方：牛膝五両。上一味切、以酒三升煮至二升、分三服。

又療婦人嫁痛、単行大和湯方：大黄三両。上一味切、以酒一升煮一沸、頓服。

又療婦人小戸嫁痛、海螵蛸散方：烏賊魚骨二枚。右一味焼研為細末、酒服方寸匕、日三服。

婦人の陰門が小さくて、交わると痛むときの治療処方。『千金要方』陰門が小さくて交わると痛みが残るとき治療する処方――甘草三分、白芍薬二分、生薑三分、桂心一分。以上四種の薬材を細く切り、酒二升で煮る。三回沸騰させ、滓を取り除き、温かいうちに飲む。これは神薬だ。

陰戸が小さくて交わると痛むのを治す簡単な処方――牛膝五両。切って三升の酒に入れ、二升になるまで煮る。三度に分けて飲む。

同じ症状を治す簡単な大和湯の処方――大黄三両。切って酒一升で煮て沸騰させる。一度に飲む。

同じ症状を治す海螵蛸散の処方――烏賊の甲二枚を焼き、磨《す》ってこまかい粉にする。方寸匕「一寸四方の匕《さじ》」で日に三回、酒といっしょに飲む。

編著者は南宋の陳自明（一一九〇?―一二七〇）。字は良甫、或は良父。臨川（江西省撫州）の人。

生家は三代続いた有名な医者だった。幼い頃から岐黄之術、即ち『黄帝内経』、『神農本草経』、『傷寒論』、『金匱要略』などを学ぶ。

成年後は各地を遊歴、名医を訪ねて見聞を広めた。内・外・婦・小児科に精通、特に産婦人科にすぐれていた。建康（南京）府、一説では建昌府で明道書院の医学教授に就任する。

従来の産婦人科の専門書、昝殷『産宝』、李師聖・郭稽中『産育宝慶集』、陸子正『胎産経験方』などには不備な点があった。嘉熙元年（一二三七）に完成した『婦人大全良方』の「自序」に、陳自明はこう書いている。「綱領散漫而無統、節目諄略而未備（要点は散漫で統一されていない。項目は繁雑で不備な点がある）」。『婦人大全良方』は『婦人良方大全』、『婦人良方』、『婦人良方集要』とも呼ばれている。

明代の医家、薛己は『婦人大全良方』に「候胎」「瘡瘍」の二門と独自の処方を補足して、『校注婦人良方』を出版した。これによって『婦人大全良方』の真価は更に高まった。

『三元延寿参賛書』

南宋から元代にかけての道士、李鵬飛（一二二二～?）編撰。『黄帝内経・素問』、『老子』、『荘子』

など、古代から宋代までの養生理論の集大成、全五巻。『三元参賛延寿書』ともいう。

第一巻は中医性医学研究にとって欠かせない重要文献である。一〇節から構成されていて、「天元之寿（長生き）」をするための房中養生理論が要領よくまとめられている。ただし第一〇節「嬰児所忌（嬰児にとっての禁忌）」は、直接房内と関係はない。

第一節は導入部「天元之寿精気不耗者得之」。以下九節は「欲不可絶」、「欲不可早」、「欲不可縦」、「欲不可強」、「欲有所忌」、「欲有所避」、「嗣続有方」、「妊娠有忌」となっていて、腎に蔵されている精気を大切にする法を先人の教えを引用して具体的に説いている。

「天元之寿精気不耗者得之」――男女居室、人之大倫。独陽不生、独陰不成、人道有不可廃者

男女が夫婦になるのは、人の大きな倫《みち》だ。陽だけでは生じない。陰だけでは完成しない。人道［性交］は無くせないものだ。

下焦在臍下、即腎間動気、分布人身、方其湛寂、欲念不興。精気散于三焦、栄華百脈、及欲念一起、欲火熾然、翕撮三焦、精気流溢、並従命門輸瀉而去、可畏哉！

下焦は臍の下にあり、二つの腎［右は命門・左は腎］の間で気が動くと体中に分布させる。じっと沈めて動かさずにいると、欲念は興《おこ》らない。しかし精気を三焦に散らすと、百脈が一斉に活動して欲念が興る。欲火は燃え上がり、三焦を刺激する。精気は溢れ、命門から外へはじき出されてしまう。恐ろしい！。

元気有限、人欲無涯

元気には限度があるが、人の欲はきりがない。
「欲不可絶」――黄帝曰：一陰一陽之謂道、偏陰偏陽之謂疾。又曰：両者不和、若春無秋、若冬無夏。因而和之、是謂聖度。聖人不絶和合之道、但貴于閉密以守天真也
黄帝は言っている。「一陰一陽を道という。一方に偏していることを疾という」。またこう言っている。「両者が混じり合わないのは、春があって秋がなく、冬があって夏がないようなものだ。混じり合うことを聖なる法則というのはこのためだ。聖人は和合（性交）の道を絶たない。ただし閉固を貴び、天真（元精・元気）を守っている」。
「欲不可早」――書云：男破陽太早、則傷其精気、女破陰太早、則傷其血脈
書に記されている。男はあまり早く陽を破ると、精気を傷める。女はあまり早く陰を破ると、血脈を傷める。
「欲不可縦」――全元起曰：楽色不節則精耗、軽用不止則精散。聖人愛精重施、髄満骨堅
全元起はこう言っている。「色を楽しみ節制しなかったら、精は消耗する。軽々しく用いて止めなかったら、精は散ってしまう。聖人は精を大切にし容易に施瀉しないから精は髄に満ちて骨は堅くなる」。

字は澄心。池州（安徽省貴池県）九華山の人。九華澄心老人と自称していた。母親、姚氏は本妻と折り合わず、李鵬飛が幼ないとき朱氏の妻になる。一九歳のとき医者になる決心をする。母に対する思慕は捨てがたく、学んだ医術で人助けをしながらあちこちを訪ねて捜そうと

思ったのだ。三年後、蘄州羅田県（湖北省）で居所を捜し当てる。しかし母は疫病に罹っていた。治療するため郷里へ連れてゆく。八年後、母は朱氏のもとへ帰るが、正月には会いにいったという。『三元延寿参賛書』を編纂するきっかけになったのは、李鵬飛が同じ道士に偶然二回出会ったからだと伝えられている。最初は龐居士（唐、龐蘊《ほううん》。禅宗の僧）の旧跡で、二回目は道教と仏教の廟がある景勝地、飛来峡でだった。

道士は九〇歳を越えていたが、髪は黒くて艶があり童顔だった。わけを尋ねたら、三元の説のお陰だという。李鵬飛は急いでいたので、それ以上質問しなかった。二回目の出会いは一〇年後だった。しかし容貌はひとつも変わっていない。道士は三元の説を教えてくれた。

人之寿、天元六十、地元六十、人元六十、共一百八十歳、不知戒慎、則日加損焉。精気不固、則天元之寿減矣；謀為過当、則地元之寿減矣；飲食不節、則人元之寿減矣（人の寿命は天元六〇、地元六〇、人元六〇で、合計すると一八〇歳になる。戒め慎むことを知らなかったら、日増しに寿命を縮めてしまう。精気を固めなかったら、天元の寿命が縮まる。無理をすると地元の寿命が縮まる。そして暴飲暴食をすると人元の寿命が縮まる）。

この説に共感した李鵬飛は、その後さまざまな養生長寿に関する文献を集めて編纂し、一二九一年、七〇歳のとき『三元延寿参賛書』を完成させた。

第一巻――元代医学の人体生理知識をまとめた総論「人説」と「天元之寿精気不耗者得之（元気の寿命は精気を無駄にしない者が手に入れる）」。

第二巻――「地元之寿起居有常者得之（地元の寿命は規律正しい生活をしている者が手に入れる）」。

第三巻――「人元之寿飲食有度者得之（人元の寿命は暴飲暴食をしない者が手に入れる）」。
第四巻――「神仙救世却老還童真訣（神仙の救いである若返りの秘訣）」。
第五巻――「神仙警世（神仙の警告）」と「陰徳延寿論（陰徳が寿命を延す論）」。最後に「函三還一図歌（三を守って一に返る歌）」が付いている。

尚、第四巻「神仙救世却老還童真訣」では、滋養になる薬と導引法が説かれている。また『三元延寿参賛書』は、『道蔵』（道教の経書の総集）第五七四冊に収められている。

『格致余論』

元代の著名な医家、朱震亨（一二八一―一三五八）の中医学理論の書。一三四七年撰。『格致余論』は四一篇の医論から成り立っている。その中で房中養生と関係があるのは、「飲食色欲箴序」、「色欲箴」、「陽有余陰不足論」、「房中補益論」などだ。

陽有余陰不足論――人受天地之気以生、天之陽気為気、地之陰気為血、故気常有余、陰常不足

人は天地の気をもらって生まれる。天の陽気は気、地の陰気は血になる。気は常に余り、陰が常に不足するのはこのためだ。

主閉蔵者、腎也；司疏洩者、肝也。二臓皆有相火、而其係上属于心。心、君火也。為物所感則

易動、心動則精自走、相火翕然而起、雖不交会、亦暗流而疏洩矣。所以聖賢只是教人収心養心、其旨深矣

閉ざし蔵《たくわ》えるのは腎、洩らすのは肝の役目である。二つの臓には相火があり、上方の心にある君火と結びついている。心は物に感じて動き易い。心が動くと精は逃げ出そうとする。相火は一つになって燃え上がる。交わらなくても精はいつの間にか移動し、洩れてしまう。聖賢が心を平静に保ち養えと強調しているのはこのためだ。この教えには深い意味がこめられているのである。

〈相火〉君火と相対的な概念。情欲によって生じる火。

房中補益論——或問：《千金方》有房中補益法、可用否？　予応之曰：《伝》曰：吉凶悔吝生乎動、故人之疾病亦生于動、其動之極也、病而死矣。人之有生、心為火居上、腎為水居下、水能升而火能降、一升一降、無有窮已、故生意存焉。水之体静、火之体動、動易而静難、聖人于此未嘗妄言也。儒者立教曰：正心、収心、養心。皆所以防此火之動于妄也。医者立教：恬淡虚無、精神内守、亦所以遏此火之動于妄也。蓋相火蔵于肝腎陰分、君火不妄動、相火惟有禀命守位而已、焉有燔灼之虐焔、飛走之狂勢也哉？

或る人が、『千金要方』にある房中補益の法は用いてもいいだろうか？」と尋ねた。私はこう答えた——古い書物に吉凶悔吝《かいりん》は動から生ずると記されている。疾病も動から生ずるのだ。それは動の極みだから、病は死につながる。人には生がある。心は火で上、腎は水で下に位置している。水は昇り、火は降りてくる。これは果しなく繰り返される。生気があるのはこのた

めだ。水の本性は静、火の本性は動である。火は動き易く静めにくい。聖人はこの事に関してでたらめを言っていない。儒者は「心を正しく持ち、静めて養え」と教えている。火がむやみに動かないようにするためだ。医家が「虚心坦懐になり、精と神を内で守れ」と教えるのも、また同じ理由による。相火が肝・腎の陰を蔵していると、君火は妄《みだ》りに動かない。相火はただ本分を守っているだけでいい。灼熱の炎となってすさまじい勢いで飛び回ることはないのだ。

窃詳《千金》之意、彼壮年貪縦者、水之体非向日之静也、故著房中之法為補益之助。此可用于質壮心静、遇敵不動之人也。苟無聖賢之心、神仙之骨、未易為也。女法水、男法火、水能制火、一楽于与、一楽于取、此自然之理也。若以房中為補、殺人多矣。況中古以下、風俗日偸、資禀日薄、説夢向痴、難矣哉！

『千金要方』が言わんとする事について私見を述べる。壮年で欲を抑えずにいる者は、水の本性を静にせず房中の法［若い女を数多く御し、採陰補陽をはかる］を補益の助けにしている。この法を用い、体が丈夫で心は平静、敵［女］にあっても動じない人間になれというのだが、聖賢の心と神仙の骨がなかったら容易になれるものでない。女は水、男は火に似た性質だ。水は火を制することが出来る。一方は楽しんで与え、一方は楽しんで取る。これは自然の理だ。房中の法で補えなどというのは、多くの人を殺すようなものだ。中古以降、日々風俗は乱れ、天性は軽薄になって馬鹿な夢のような法が説かれている。なんとも困ったものだ。

朱震亨の節制説には、明らかに理学の影響がある。「陽常有余、陰常不足」理論に基づき、養陰派と呼ばれている。

朱震亨は婺州義烏（浙江省義烏県）の人。字は彦修、号は丹渓、家が赤岸鎮、丹渓にあったからだ。幼い頃、郷里で経典を学ぶ。その後、役人を目指し科挙を受ける資格、挙子を取ろうとするが失敗する。

八華山で朱熹の流れをくむ理学の四大家の一人、許謙が塾を開いていると聞き門を叩く。三〇歳の時、許謙が不治だといわれる手足の病を患ったので医家になる決心をした。

そして武林の名医、羅知悌を訪ねる。最初はことわられたが、凡そ三ヵ月、毎日門の外に立っていたので羅知悌はその誠意にほだされて弟子にしたと伝えられている。朱震亨は研鑽を積み、岐黄の術を身につけ更に新しい医術を生み出した。

元、戴良『丹渓翁伝』にこう記されている——遇病施治、不膠于古方、而所療則中、然于諸家方論則靡所不通、他人斬斬守古、翁則操縦取捨、而卒于古合（治療に当たるとき、古来の医術にこだわらなかったが間違うことはなかった。他の医家は古来の方法を固く守っていたが、翁は諸家の医術に通じていて、取捨選択し古い方法を新しい方法と合わせていたのだ）。

朱震亨は中医学の新局面を開いた偉大な医家、金・元四大家の一人に挙げられている。因みに他の三人は、寒涼派の劉完素（一一二〇—一二〇〇）、攻下派の張従正（一一五六？—一二二八）、補土派の李東垣（一一八〇—一二五一）である。

尚、代表作『格致余論』の他に、『丹渓心法』、『局方発揮』、『本草衍義補注』などの著作がある。

『澹寮集験方』

元、僧侶の継洪が編纂した薬の処方宝典。多くの医書の中からよく効く処方を千余種選び出し、四八門に分類している。各門の前には病状と使用薬が簡潔にまとめてある。一二八三年に刊行。

性医学の観点から注目に値するのは、疲労から起こる病気を取り上げている巻八「労傷門」の中で、若い男女の性欲を問題にしている点だ。淫にとらわれて悶々としていると五臓が弱り虚になる。薬だけでなく、心理療法も併用するよう薦めているのである。

「労傷門」——世有童男室女、積想在心、思慮過当、多致労損。男子則神色先散、女子則月水先閉。蓋憂愁思慮則傷心、心傷則血逆竭、血逆竭故神色先散、而月水先閉也。火既受病、不能栄養其子、故不嗜食；脾即虚則金気虧、故発嗽。嗽即作則水気絶、故四肢干；木気不充、故多怒、鬢髪焦、筋骨痿軟。竢五臓伝遍、故卒不死、然終死矣。此一種于諸労中最為難治。蓋病起五臓之中、無有已期、薬力不可及也。若或自能改易心志、用薬扶接、如此則九死一生

童貞と処女の男女は、あれこれ想像して悶々としていると、だんだん疲労が溜まり心身を損うことが多い。男は元気がなくなり、女は月経が止まってしまう。考えすぎて落ち込んでいると心が傷付き、血の流れが悪くなるから元気はなくなり、月経は止まってしまうのだ。火〔心〕

が病になると、体に養分を摂り入れることが出来なくなる。食欲がなくなるのはこのためだ。脾は虚になり、金〔肺〕気が弱ってくるから咳が出る。水〔腎〕気も絶え、手足がかさかさになる。木〔肝〕気も足りなくなり、よく怒る。そしてまた髪はぱさぱさになり、筋骨は弱ってしまう。五臓に病気が回るのには時間がかかるから、すぐに死ぬことはないが、最後に命を落とす。疲労から起こる病気の中でも、これは最も直すのが難しい。五臓の病は慢性化するから、薬の力ではどうにもならないのだ。もしも気持を入れ変えられたら、薬の助けも借りて九死に一生を得られるだろう。

薦められているのは精と血の働きをよくする薬で、処方が付記されている。

『御薬院方』

御薬院が編纂した処方の宝典。

御薬院は宋、金、元三代に亘り存続した宮廷内の薬局機構。内容は何回か部分的に修正されている。現在残っているのは、一三三八年、許国楨たちにより修訂された元代本の一種。一四門に分類され、処方は一〇六八種、他の薬典にない処方が若干含まれる。

陽痿《インポ》の治療法が以前より増えている。元代に陽痿の病因病機に関する知識が進歩したことが窺える。

一　補腎温陽法――陽痿だけでなく、陰茎が細く短いときも効果がある。巴戟丸、天雄丸、神効丸、養真丹などの処方薬を服用し、腎を補い温めて陽精を強めると、宗筋（陰茎）を滋養できる。気の通りがよくなり、血が中和されるから、宗筋に気血が通いやすくなる。気血の充実は陰茎の成長と勃起を助ける。

二　養心安神、清心降火法――心を養って神を安らかにし、心を清めて火を降ろす法。心火が熾烈になり、陰茎がすぐ立ち、そしてすぐ萎える症状に適している。紫芝丹の処方が挙げてある。

三　滋陽清熱、益精法――気血が滞っているときは、太一守中丹、助神丸などを用いる。この薬には、陽に養分を与え熱を取り除くと同時に気の通りをよくし、血を中和させる働きがあるから、精が強まる。

四　理気通絡法――宗筋の気血に陰が鬱積する。或は肝に気血が滞って働きが弱るために起こる陽痿の治療に適している。菖蒲丸を服用すると陽道はしっかりし、筋力が強くなる。気は順調に小腸に入る。

五　疏風透達、清熱利湿法――風を通して熱を冷まし、湿を癒す法。湿が鬱積して宗筋に熱を持たせる。或は湿と熱が宗筋に陰を鬱積させて起こる陽痿に適している。干荷散は陰嚢腫痛、湿潤搔痒、陰痿弱に効く。

また「補虚損門」では、老年性陽痿の予防を説いている。年を取り臓腑が弱ってくると、気血陰陽と陽道（陰茎）も衰え始める。体が弱る前に対処すれば陽道の衰えも防ぐことが出来る。

金鎖丹：凡人中年後、急務建助秘真之術、以代残年不衰矣。若毎日一服、至耄無痿之理、其治不可具陳。桑螵蛸、晩蚕蛾（是雄者、微炒）、紫梢花、蛇床子、遠志、鹿茸（酥、炙黄色）、川茴香（炒）、已上各半両、穿山甲（炙焦）五片、海馬（炙黄）一対、続断三銭、石燕子（炭火赤淬、七返研）、麝香（研）一銭、南乳香（研）二銭半、木香二銭、黒牽牛一両。右件一十五味、搗羅為細末、用酒煮薄面糊和丸、如梧桐子大、毎服五十丸、温酒下、空心及晩食前各一服

金鎖丹。中年になったら、早いうちに秘真術の助けを借りて晩年の衰えに備える。毎日一回の服用で、八〇、九〇の高齢になっても陰痿にならない。金鎖丹にどうしてこの効果があるのか、よく分かっていない。桑螵蛸、晩蚕蛾［雄を軽く煎る］、紫梢花、蛇床子、遠志、鹿茸［火で黄色くなるまで炙《あぶ》り、ぱりぱりにする］、川茴香［煎る］以上各半両。穿山甲［炙って焦す］五片、海馬［炙って黄色くする］二対、続断三銭、石燕子［炭火で赤くなるまで焼く。七回磨る］、麝香［磨る］一銭、南乳香［磨る］二銭半、木香二銭、黒牽牛一両、右一五種類を搗いてふるい、細かい粉末にする。酒で煮て表面に出来る薄い糊を、こねて青桐の実の大きさに丸める。五〇丸を食間及び晩食前、温かい酒で飲む。

Ⅳ　明の時代

『既済真経』

明代、道教房中養生術の書。作者不明。

既済《きさい》（䷾）は易の卦の名前。水象の坎（☵）と火象の離（☲）を組み合わせた卦が、水火既済だ。女（水）を表す坎は陽爻《こう》（⚊）が内に入り、内陽・外陰で真陽になる。男（火）を表す離は陰爻（⚋）が内に入り、内陰・外陽で真陰になる。男女は交わって一体となり、真陰と真陽を補い合う。男は純陽（☰）、女は純陰（☷）になるのだ。

原文と注釈は文体の格調と風格から判断して、別人の作だと考えられている。原文は短い八つの節から成り、房中養生術に基づく交合法が具体的に説かれている。

接吻、乳房と外陰部刺激の前戯から始まり、抜き差し法、射精時間の延長法など、更に二回続けて行う法も出ている。


　我緩彼急、勢復大起、兵亦既接、入而復退、又吮其食、捏其粒、亀虎蛇龍、蟠怕呑翕、彼必棄兵、我収風雨。是曰既済、延安一紀。収戦罷兵、空懸仰息、還之武庫昇上極

　我緩カニスルト彼急ニナリ、勢復タ大イニ起コリ、兵モ亦既ニ接シ、入レテ復タ退キ、又其ノ食《シタ》ヲ吮《ネブ》リ、其ノ粒《チチ》ヲ捏《ナブ》リ、亀虎蛇龍、蟠怕呑翕スレバ、彼ハ必ズ兵ヲ棄テ、我ハ風雨ヲ収メ

ル。是ヲ既済延安一紀ト曰ウ。戦ヲ収メ兵ヲ罷《ヤ》メ、空懸シテ仰息シ、之ヲ武庫ニ還シ上極ニ昇ス。

大起興濃也。彼興既済、我当復入、深浅如法、間復少退、又必吮其舌、揾其乳、依行前番工夫、則彼真精尽泄、而我収翕之矣。既済者、既得真陽也。一紀十二年也。一御既得真陽、則可延寿一紀。武庫髄海也。上極泥丸也。戦罷下馬、当仰身平息、懸腰動揺、上昇泥丸以還本元、則不生疾病、可得長生

大起は興奮すること。女が夢中になり真陽を出しそうになったらまた入れ、深浅の法に基づいて抜き差しする。しばらく続けてまた腰を少し引き、女の舌を吸ったり乳をいじったりしながら、前に説いた亀蟠龍翕、蛇呑虎怕の秘術を用いる。女は真精を全部出すから、吸収する。既済は女の真陽をもらうことだ。一紀は一二年。交わって真陽を採ったら、一回で一紀長生き出来る。武庫は髄海、上極は泥丸である。終わったら女から降り、仰向いて静かに息をし、腰を浮かして揺らし真陽を泥丸に上昇させて本元に還《かえ》す。そうすると病が生じて悩むことはなく、長生き出来る。

冒頭に呂純陽が孚祐帝君に真を説く、門人、紫金光耀大仙、鄧希賢注釈と記されている。呂純陽は呂洞賓のことで有名な八仙人の一人。号は純陽子、また回道人。鄧希賢はどんな人物か分からない。呂純陽が唐の時代の人だから、鄧希賢もその時代の人物だと推定され、唐時代の作だと考えられていた。しかし、内容、文体を分析してみると明朝の作だという説が現れ、今では主流を占めている。呂純陽の名前を借りただけにすぎず、孚祐帝君も偽名だ。

更に鄧希賢は、明、世宗、嘉靖朝の有名な御前道士、陶遐齢だという説もある（『中国伝統性医学』王立編著、中医古籍出版社、一九九八年）。

希賢は呂純翁から『既済経』を譲り受け、陰陽の道（房中術）を伝授された。希賢はその経に注を施こして『既済真経』にする。

『修真演義』

明代、道教房中養生術の書。

内容は修煉の順序によって二〇章に分け、配列されている——棄忌当知。神気宜養。房内霊丹。炉中宝鼎。男察四至。女審八到。玩弄消息。鼓舞心情。淬鋒養鋭。演戦練兵。制勝妙術。鎖閉玄機。三峰人薬。五字真言。搬運有時。全義尽倫。採煉有序。回栄接朽。還元返本。種子安胎。

淬鋒養鋭（鋒《ほこさき》を鍛えて鋭くする）は、房中気功で男の性能力を強める法だ。早漏、陰痿などの治癒に役立つ。三峰人薬（口、乳、陰部の人薬）は、女の興奮を促し男とのずれをなくす法。五字真言（存・縮・抽・吸・閉）は、やはり気功を応用した接して洩らさずの法だ。女の冷感症治療と性欲の低下防止に役立つ。これら道教の房中養生術は「採陰補養」を重視さえしなかったら、性学研究の大いなる成果だとしても見直されてきている。

作者は紫金光耀大仙になっている。これは謎の人物、鄧希賢の号だ。漢、元豊三年（架空の年号）、巫咸《ふかん》は『修真語録』を武帝に献上した。しかし、惜しいことに帝は試してみようとしなかった。この書は残って後世に伝わったと序に記されている。最近の考証によると、実は『抱朴子・遐覧』にでている『子都経』だともいわれているが、文体と内容から分析して明朝の作だという説のほうに従っておく。

宋代におこった理学の思想（存天理、滅人欲）は、房中術の経典（内丹双修法）を誨淫の書だと見なすようになる。世間から消え、秘伝の書にされてしまう。明代になってもこの状況は変わらない。また内容にも変化が生じ、従来の夫婦和合、房事楽趣の理念が稀薄になり、男は不老長生を追求するため、女を煉丹の「炉鼎」だと考える傾向が強まっている。『既済真経』と『修真演義』が明代の秘伝経典だと判断される要因の一つはこの点にあるのだ。

『既済真経』、『修真演義』この二つの経典は、実は日本に残っていた。中国へ里帰りしてまだ数十年にしかならない。幕末の刊だと推定される木版本『百戦必勝』、それと大正時代の刊だと推定される活字本『修真演義』、後者は越人の翁、紫芝野人が編纂、序、跋、註、附録を書いている。跋には万暦甲午（一五九四）、春王（旧）正月と記されている。尚、序、註、附録（人液、後庭、閨中八訣）は、中国では公表されていない。

『万氏家伝広嗣紀要』

跡継ぎを求めて子供を作る法。それと産前産後の婦人と嬰児に関する病の症状・治療法を説いた書。著者は明代の有名な医学・養生学家、万全（一四八八―一五七八？）。『広嗣紀要』ともいわれ、嘉靖二〇年（一五四九）撰。

一六巻の内容。巻一―五、房中養生、子供を作る法。巻六―一三、胎内で女を男に変える法、胎児を守って育てる法、妊娠に伴う症状と治療法等。巻一四、難産の予防と七つの要因。巻一五、嬰児の育て方。巻一六、小児科の医案《カルテ》。

巻五、協期篇――玉湖須浅泛、重載却成憂。陰血先参聚、陽精向後流。血開包玉露、平歩到瀛洲。浅泛者、即《素女論》所謂九浅一深之法也。蓋男女交媾、浅則女美、深則女傷、故云重載即成憂也。陰血先聚、陽精後衝、則血開裹精而成男；陽精先至、陰血後参、則精開裹血而成女、即《断易天玄賦》所謂、陽包陰則桂庭添秀、陰包陽則桃洞得仙也

玉湖［膣］へは浅泛［浅く浮かすように］すべきで、重載［押しつける］とかえってよくない。陰血は先に行きついて集まり、陽精は後から流れてくる。血は開いて玉露［精液］を包み、一気にいってしまう。浅泛というのは『素女論』［『素女妙論』のことか］でいっている九浅一

深法のことだ。男女の交媾では女には浅くするとよく、深いと傷つける。重載だとよくないといわれるのはこのためだ。陰血が先に集まり、陽精が後からぶつかると血は開いて精を包み込み男になる。陽精が先に到達し、陰血が後から入り込むと精が開いて血を包み込み女になる。それで『断易天玄賦』は、陽が陰を包むと桂庭添秀［桂の庭に秀《はな》を添える］、陰が陽を包むと桃洞得仙［桃の洞《ほらあな》で仙を得る］といっているのだ。

〈到瀛洲〉いくと訳したが不詳。

夫男女未交合之時、男有三至、女有五至。男女情動、彼此神交、然後行之、則陰陽和暢、精血合凝、有子之道也。若男情已至、而女情未動、則精早泄、謂之弧陽；女情已至、而男情未動、女興已過、謂之寡陰。《玉函経》云：弧陽寡陰即不中、譬取鰥夫及寡婦、謂不能生育也

交合をする前、男には三至、女には五至がある。男女は情が動いて神が交わるようになってから行うと、陰陽は調和し精と血は一つになって凝《かた》まる。それで子が出来るのだ。男の精は既に至《き》ているのに女の情がまだ動いていなかったら、精は早く出てしまう。これを弧陽という。女の情は既に至ているのに男の情がまだ動いていなかったら、女は先にいってしまう。これを寡陰という。『玉函経』はこういっている。弧陽・寡陰だとぶつかり合うことがない。鰥夫《かんぷ》（男やもめ）、寡婦のようなもので子供は作れない。

男有三至者、謂陽道奮昂而振者、肝気至也；壮大而熱者、心気至也；堅勁而久者、腎気至也。三至倶足、女心之所悦也。若痿而不挙者、肝気未至也。肝気未至而強合、則傷其筋、其精流滴而不射矣。壮而不熱者、心気未至也。心気未至而強合、則傷其血、其精清冷而不暖也。堅而不久者、

腎気未至也。腎気未至而強合、則傷其骨、其精不出、雖出亦少矣。此男子之所以求子者、貴清心寡欲、以養其肝心腎之気也

男の三至というのはこうだ。興奮して立ち脈打つのは肝気が至《き》たからだ。大きくなり熱くなるのは心気が至たからだ。堅くなり張り切っているのは腎気が至たからだ。三至がそろっていないと、女は悦ばない。萎《な》えて立たなかったら、肝気がまだ至ていない。それでも無理に交わると筋を痛め精は流れ出すが飛ばない。大きくなっても熱くないのは心気がまだ至ていないからだ。無理にすると血を痛め、精は冷たく暖かくない。堅さが持続しないのは腎気がまだ至ていないからだ。無理にしたら骨を痛めて精は出ない。たとえ出ても少ない。子供がほしいなら、男は心を清らかに保ち欲情を抑えて、肝、心、腎の気を養うことが大切だ。

女有五至者、面上赤起、媚靨乍出、心気至也；眼光涎瀝、斜覰送情、肝気至也；低頭不語、鼻中涕出、肺気至也；交頸相偎、其身自動、脾気至也；玉戸開張、琼液浸潤、腎気至也。五気倶至、男子方与之合、而行九一之法、則情洽意美。其候亦有五也。嬌吟低語、心也；合目不開、肝也；咽干気喘、肺也；両足或曲或伸、仰臥如尸、脾也；口鼻気冷、陰戸瀝出沾滞、腎也。有此五候、美快之極。男子識其情而採之、不惟有子、且有補益之助

女には五至がある。顔が赤くなり、色っぽい靨がふいに出るのは心気が至たからだ。目が輝き唾を出し、流し目で情を送るのは肝気が至たからだ。うつむいて黙り込み、鼻水を出すのは肺気が至たからだ。顔を擦り寄せて、身体を動かすのは脾気が至たからだ。玉戸が開き琼液が出て潤うのは腎気が至たからだ。五気が全部至たら交わり、九一の法で行うと情は一つになっ

て心地よい。候［徴候《きざし》］もまた五つある。小さな声を出すのは心がよくなった候だ。目を閉じて開かないのは肝がよくなった候だ。咽が渇き息が乱れるのは肺がよくなった候だ。足を曲げたり伸したりして、死んだように仰向くのは脾がよくなった候だ。口と鼻の気が冷たくなり、陰戸が濡れてべとべとになるのは腎がよくなった候だ。この五候があれば、気持は最高にいい。

男は女の情を知って採るようにすれば、子が出来るだけでなく補益の助けにもなる。

抜き差しの法には相反した二つの説がある。深按直搗小揺（奥まで入れて軽く揺する）のがいいとする説と九浅一深の説だ。万全は深く挿入すると子宮を痛め、さまざまな疾病を起こしかねないとし、後者の九浅一深法を薦めている。これはドイツの現代性科学者、エルンスト・グレーフェンベルグのGスポット学説（膣は入口に近い部分が敏感）とも合っているといわれている。

『今古医統大全』

明朝以前の歴代医書、及び経史百家の中の医薬に関する資料を編纂、分類した総合中医学宝典。『今古医統』ともいう。

性医学、房中養生学と関係があるのは、八四巻「螽斯広育（きりぎりすは子だくさん）」、そして九九巻と一〇〇巻の「養生余録上・下」だ。「養生余録」は房中養生に関する文献が大半を占め、九九巻には元、李鵬飛『三元延寿参賛書』が全部収録されている。
「螽斯広育」には、気を巧みに操って男の子を生ませる「秘験・多男三煉法」がある。西蜀の鄧士魯が道士から伝授されたという百発百中の秘法だ。

〈螽斯広育〉出典は『詩経・周南』螽斯。

春夏秋冬四名時、二十四気尸生化。三五七九奪気機、一奪一吸深取之、周而復始天不遠〈此房中之術、言採奪女之気之機也。三五七九皆陽数、言与女交時、但至四数皆深入其中、上以鼻息、下以脇提、而奪取之、使女之気過我也。周而復始者、三五七九既畢、而又再従三起也。周天之数、三百六十、三五七九、共二十四数、以合二十四気。交時先仰行六遍、毎遍二十四、得数百四十有四。後合行九遍、毎遍亦二十四、得二百一十有六、共成三百六十、以合周天之数。此妙理也、非仙莫悟。仰合即天地否泰、男女上下、互相迭施之道、非夢漫真人、不足以語此云〉

四季、春夏秋冬ニハ二四節気ガアリ、物ハ死ンデマタ蘇ル。三五七九デ機会ヲ逃サズ気ヲ奪イ、巧ミニ吸イ込ミ引キ上ゲル。一周シタラマタ最初カラ始メル。天ノ理ニカナッテイルカラダ〈この房中術は女の気を採る間合いを説明している。三五七九は皆陽［奇］数だ。女と交わるとき一から始め、これらの数になったところで深く挿入し鼻で女の息［気］を吸う。そして脇腹をすくめ陰茎で女の精気を引き上げて採る。九までいったら、また最初に戻して同じようにするといい。天は三六〇日で一周する。三五七九を合計すると二四になり、節気と数が合う。交わるとき、男はまず仰向きになって六回行う。毎回二四だから、合計一四四回気を採ることになる。次は上になり九回行う。同じように毎回二四で、今度は二一六回になる。両方合わせると三六〇になり、天が一周する数と同じになる。仙人でないと悟れない妙理だ。仰向くと天地が入れ替わる。男女が上下になり相互に精気を施す道［法］だ。夢にあふれた真人でなかったら、こんなことは語れない〉。

〈 〉内は説明文。尚、当時中国では太陰太陽暦が使われていた。一ヵ月は三〇日、一年は三六〇日。一年に約五日のずれは時々一ヵ月増やして調整していた。

要数坎水潮生月、信進我退投、信退我進接、一二煉法不可欠。更有一言只須説、左男右女肩間截〈言遇女癸水時、必候其三月潮退、方与之交合。一二煉法指奪気機之法而言。左男右女肩間截者、此生男之訣也。女人懐胎、在左為男、在右為女。男子将泄之精、必要向女子偏左射之、仍以手向女子左肩立砍一掌、即女子左辺気即上縮、精随入左、必胎男矣〉

月経ノ開始ト終了日ヲ数エ、始マッタラヤメ治マッタラ始メル。一二煉法ヲ欠カシテハナラナイ。更ニ一言ツケ加エテオカネバナラナイコトガアル。左ハ男、右ハ女ニナルカラ肩デ調節スル〈月経になったら、始まってから三日後に交わるようにする。一二煉法は気を奪う間合いの法のことである。「左男右女肩間截」は男を生む秘訣だ。女が子を孕《はら》むとき、左だと男、右だと女になる。男は射精するとき左に向けて出し、女の左肩をぽんと叩く。左半身の気が上に縮まり、精は左に引き込まれるから必ず男を身ごもる〉。

射精法と気功を結びつけた中医性医学研究の新領域ともいえるこの説は、まだ検証を待たねばならないといわれている。中医学でいう「施瀉」には、現代性医学でいわれる「射精」だけでなく、日・時そして方法の意味も含まれている。日・時は、年齢・体質・季節などの情況で異なる性交頻度のことだ。方法はここに上げた例もその一つである。「施瀉」には深く広い意味があるのだ。

「養上余録上」総論養生篇では、養生五難を指摘し、情と欲を抑えないと命が危ないと諭している。一、名利不滅（名誉と利益欲はなくならない）。二、喜怒不除（喜怒の情はつきまとう）。三、声色不去（色事は断てない）。四、滋味不絶（おいしい物を食べたくなる）。五、神慮精散（神を考慮して精を散らす）。

更に「養生余録下」房中節度篇では性欲節制の重要性を説き、具体的に健全な性交回数を教えている――二〇歳までは二日に一回。三〇を過ぎると三日に一回。四〇を過ぎると一〇日一回。五〇を過ぎると三カ月に一回。六〇を過ぎると七カ月に一回。また六〇になると戸を閉じて洩らさないようにする。常によく節制して真元を大切にし、身体の宝にするのだ。さもないといくら吐納・導引・服餌の術に励んでも、根本が固まっていないから結局益はなくなる。

しかし、徐春甫が説くこの性交頻度には、異議が唱えられている。体質が考慮されていないから、体が強い者はこの数字を守る必要はないというのだ。

『今古医統大全』の編著者は徐春甫（一五二〇?―一五九六?）。字は汝元、号は東皐・思鶴・思敏。新安（安徽省祁門県）の人。家は代々儒家だった。典膳の任に就いていた父、徐鶴山は、彼が生まれる前に死亡した。徐春甫も科挙を目指して勉強したが病気になり断念。名医、汪宦から岐黄の術を学び医者になる。内・婦人・小児科などに通じ江浙一帯を一〇年余り巡行した。その間に『今古医統』を編纂し、嘉靖三五年（一五五六）に完成。その後、太医院の医官に任命された。『内経要旨』、『婦科心鏡』、『幼幼滙集』などの著作がある。

『素女妙論』

明代に日本へ伝わり残存していた房中養生術の書。『素女経』、『洞玄子』など古い房中術の経典を参考にし著者の見解を加えてまとめられている。成立は嘉靖末年。著者は不明。

八篇（章）からなり、『素女経』を真似た黄帝と素女の問答形式で構成され、最後は一二〇歳になった黄帝が素女といっしょに湖で神竜に乗り、白日昇天するところで終わっている。馬王堆漢墓から出土した房中術書や『医心方』の中に見られる用語も使われているから、これらの書を理解する参考資料にもなる。

一、原始篇（交合の意義と効果）。二、九勢篇（『医心方』の「九法」を敷衍した体位の研究）。三、浅深篇（挿入浅深法の技巧と性交禁忌）。四、五欲五傷篇（『医心方』第七、八、一七篇を書き改めたもの）。五、大倫篇（子供を作る法。交合に於ける肉体面での調和、さらに精神面での融和、即ち愛の重要性）。六、大小長短篇（男性器の形態と交合の善し悪し）。七、養生篇（精気保存の重要性。年齢別、射精回数と疲労度）。八、四至九到篇（交合前、生理と心理面での準備が必要。男は四至、女は九到が整わないと必ず後に害が残る）。

浅深篇――帝問曰：男女交姤之道、妄行浅深之法、則多損傷、而補益者少焉矣。嘗聞有採補秘奥、以済人寿、願示其詳。素女答曰：男子須察女人情態、亦要固守自身之宝物、勿令軽漏泄。先将両手掌摩熱、堅把握玉茎、次用浅抽深入之法、耐久戦、益美快。不可太急、不可太慢、又勿尽意深入、深則有所損焉。刺之琴弦、攻其菱（麦）歯、若至其美快之極、女子不覚噤歯、香汗喘吁、目合面熱、芳蕊大開、滑液溢流、此快活之極也。又女子陰中有八名、又名八谷、一曰琴弦、其深一寸。二曰菱（麦）歯、其深二寸。三曰妥渓、其深三寸。四曰玄珠、其深四寸。五曰谷実、其深五寸。六曰愈闕、其深六寸。七曰昆戸（石）、其深七寸。八曰北極、其深八寸

黄帝が尋ねた。「男女交合の道は浅深の法をみだりにすると傷害が生じ、補益にならない。長生きに役立つ採補の秘訣があると聞いた。詳しく教えてもらいたい」素女は答えた。「男は女の情態をよく見て、自分の宝をしっかり守り、うかつに洩らさないようにしなければなりません。まず両手の掌で熱くなるまでこすり、これなら大丈夫だというところまで堅くなったら挿入し、浅抽深入の法を使って我慢し長く戦うと、いっそういい気持になれます。急ぎ過ぎても遅すぎてもだめです。また思いのまま深く入れてはなりません。深いとよくない。琴弦を突き、菱（麦）歯を攻めるのです。よくてたまらなくなると、女は歯を噛み締め、いい匂いのする汗をかいて喘ぎ、目を閉じて顔を火照らせ、芳蕊が大きく開きぬるぬるした液が溢れて流れます。こうなるともうたまらないのです。それから女の陰中には名前が八つあり、八谷ともいいます。一は琴弦、深さは一寸、二は菱（麦）歯、深さは二寸、三は妥渓、深さは三寸、四は玄珠、深さは四寸。五は谷実、深さは五寸。六は愈闕、深さは六寸。七は昆戸（石）、深さは

七寸、八は北極、深さは八寸です」。

そして素女はこう教えている。谷実まで入れると肝を痛める。目がかすみ涙が出る。手足が不自由になる。昆戸（石）まで入れると脾を痛める。顔が黄ばみ腹が張る。嘔気もする。北極まで入れると腎を痛める。腰が弱くなる。入れ過ぎて臍下三寸にある丹穴を痛めてはならない。

大小長短篇――帝問曰：郎中有大小長短硬軟之不同、而取交接快美之道、亦不同乎？　素女答曰：賦形不同、大小長短異形者、外観也。取交接快美者、内情也。先以愛敬繫之、以真情按之、何論大小長短哉？　帝問曰：硬軟亦有別乎？　素女答曰：長大而萎軟、不及短小而堅硬也。堅硬而粗暴、不如軟弱而温藉也。能得中庸者、可謂尽美尽善焉矣

黄帝が尋ねた。「男には大小長短硬軟の違いがある。交わって得られる快感も違うのだろうか」素女は答えた。「天賦によって大小長短の異形があるのは外観です。交わって快感が得られるのは内情によります。まず敬愛をもって受け入れ真情をもって接するようにすれば、大小長短をうんぬんする必要はありません」黄帝が尋ねた。「硬軟でも違いがあるのか」素女は答えた。「長大だと張りがなくて軟かい。短小で堅硬なのに及びません。また堅硬でも荒っぽいなら、軟弱でも優しいほうがいい。もし中庸の物を得ることが出来たら、最高だといえます」。

これは『素女妙論』独自の見解だ。また現代性医学の認識とも一致している。

オランダの外交官で漢学者、R・H・ファン・フーリック、中国名は高羅佩（一九一〇―六七）の説（*Sexual Life In Ancient China*, Leiden, 1961.中国語訳名『中国古代房内考』）によると、二種類の版本

がある。

　一つは文禄時代（一五九二―九六）に出版されたと推定される木版本。二つの副題、「人間楽事」と「黄素妙論」が付いている。冒頭に明代の色情小説の挿絵を真似た小さな春宮画が数枚載っている。内容は原本を改編したものだ。

　もう一つは一八八〇年頃の日付けがある写本。二一字一〇行で四二葉。丙寅（嘉靖四五年、一五六六）仲冬に摘紅楼主人が書いた序文がある。その中で、この本の著者は分からず、茅山の道士が伝えた書だといわれていると述べている。江蘇省の茅山には道教の廟があり、漢代から真人の住み処として知られていた所だ。校閲者は洪都全天真。また集句（文学作品の名句を集めてつなぎ、文章にする文字遊び）で認められた奥書があり、末尾に一五五六年陰暦十一月、西園居士書於暖香閣と記されている。

『食色紳言』

南宋、愚谷老人『延寿第一紳言』の編集方法に倣い、食と性に関する古人の戒めを集めた教訓の書。編者は龍遵叙、号は皆春居士という人物。生没年不明。一六世紀前半から一七世紀前半まで生存していたと推測されている。

　内容は飲食と男女（性）の紳言に大別される。飲食については、殺生を戒め、淡白な味の物を摂るよう諭している。そして男女紳言は性欲の節制と方法で、約三分の一は『延寿第一紳言』と同じ内容になっている。

昔有国王淫欲、比丘以偈諫曰：目為眵涙窟、鼻是穢涕嚢、口為涎唾器、腹是屎尿倉。但王無慧目。為色所耽荒。貧道見之悪、出家修道場。又伎女偈曰：汝身骨干立、皮肉相纏裹。不浄内充満、無一是好物。皮嚢盛汚穢、九孔常流出、如厠虫楽糞、愚貪身無異。又詩云：皮包骨肉並尿糞、強作嬌嬈誑惑人。千古英雄皆座此、百年同作一坑塵

昔、好色な王がいた。比丘が偈を唱えて諫めた。「目は目糞と涙の窟《あな》、鼻は汚い鼻汁の嚢《ふくろ》、口は涎と唾の器、腹は屎尿の倉です。それなのに王様は炯眼《けいがん》（物事を見ぬく力）をなくされ、色に耽っておられる。これではよくない。出家して道場で修行なさったらいいでしょう」。また伎女が偈を唱えた。「体は骨格で立ち、皮と肉が付いています。不浄が充満し、好い物は何一つありません。皮の嚢に汚物が一杯になり、九孔から常に流れ出ています。厠虫《うじ》が糞を好むようなもので、愚かにも身をむさぼっているのと同じことです」。そしてまた詩を唱えた。「皮は骨肉と尿糞を包んでいるのです。努めてなまめかしく装い、男を誑かし惑わせる。この世の英雄は皆これにおぼれ、同じ一生を送っています」）。

〈九孔〉目・耳・鼻・口・尿道口・肛門。

五臓之神：肝魂、肺魄、心神、腎精、脾意。若人恬澹、則神定魂清、意安魄寧、精不走失。若人躁競、則神疲魂濁、意乱魄散、精遂潰耗。夫人非不欲安而寿、而日応酬、神稍痿倦、則三尸九虫作我蟊賊、是以丹田之真為其所擾。精進之士、必尸虫消絶、五臓之神各安其職、故《度人経》

曰：五帝侍衛也、三尸乃人身三部陰濁昏邪之気、上尸彭踞居人頭、中尸彭躓居人腸、下尸彭蹻居人足。凡人嗜欲貪淫、種種不善皆尸鬼所使。庚申等日、詣天曹言人罪過、毫発不遺、欲人速死、彼則欣躍、《古仙詩》曰：窮尽世間無限法、除非丹薬斬三尸

五臓の神は肝魂・肺魄・心神・腎精、そして脾意である。欲にとらわれないと神は定まり、魂は清く意は安らかで魄は静まり、精は出て失われることはない。焦り張り切ると神は疲れて魂は濁り、意は乱れて魄は散り、精は潰れて消耗してしまう。安らかに長生きしようとせず、毎日人と付き合って神を磨り減らしていると、神は悪い奴に変わり丹田の真を掻き乱す。精進している者は必ず尸虫を動かないよう押さえつけているから、五臓の神は安心してその職分を果たせる。それで『度人経（済度経）』はこういっているのだ。「五帝の護衛である三尸は、人体三部の陰濁昏邪の気だ。上尸、彭踞は頭、中尸、彭躓は腸、下尸、彭蹻は足にいる。欲にまかせて淫を貪りよくないことをするのは、皆この尸鬼の所業なのだ。庚申などの日、天の役人の所へ行き、人が犯した罪を逐一報告して早く死なせようとする。そして喜んで小躍りしているる」。また『古仙詩』は「この世で不老長寿の法を窮めようとするなら、丹薬で三尸を斬らないとだめだ」といっている。

〈九虫〉道教でいう体内にいる九つの虫。伏虫・回虫・白虫・肉虫・肺虫・胃虫・鬲虫・赤虫・蟯虫。丹砂水銀などの薬を服用し、虫を殺すと害はなくなるという。

《素問》曰：恬澹虚無、真気従之。精神内在、病安従来？　是以志閑而少欲、心安而不懼、嗜欲不能労其目、淫邪不能惑其心、所以能皆度百歳而動作不衰者、以其徳全不危也

『黄帝内経・素問』はいっている。私心をなくし物事にこだわらずにいると、真気がついてくる。精と神が内にあるから病に罹ることなどない。思いを静め欲を少なくすると、心は安らぎ心配はなくなる。欲望も目を疲労させることはできず、淫邪も心も惑わすことができないから、皆百歳まで過ごせて動作も衰えない。そのお陰で死などやってこないのだ。

明、万暦壬午（一五八二）秋に書かれた楊廷貴の跋に、此滁上皆春居士作也（これは滁上、皆春居士の作である）と記されている。これから判断して、安徽省滁県の人だろうといわれている。

また龍遵叙本人の序文があり、その中に「鄙人気弱多病、于此尤惧。帰田暇日、流覧往集、漫拾警語、類記成編（田舎の人は気が弱っていて、よく病気になる。一番よくないのは女色だ。官職を辞して郷里に帰った私は、毎日暇だ。昔の書物を拾い読みし、いたずらに訓戒の言葉を書き出して分類、整理してみた。）」と書かれている。晩年、退官して古里へ帰り、隠居するようになってからの作だということが分かる。

明代はまだ宋・元の程朱理学が盛んで、更にまた王陽明（一四七二—一五二八）たちが現れ、道理を説き明かし発展させた。「存天理、滅人欲」の思想は社会に広がり、節欲・絶欲が唱えられた。『食色紳言』に集められた儒家・仏家・道家・医家の訓戒も、論点は禁欲にしぼられている。序文で龍遵叙はこういっている。

若不断淫与殺生、出三界者無有是処……福従色敗（淫と殺生を断たなかったら、この世に生まれた意味がなくなる……色が福を逃がしてしまう）。好色喪真（好色は真をなくす）。欲為魔祟（欲は魔に祟められる）。

『本草綱目』

中国の代表的な本草書。

最後の第五二巻は人部になっている。人体の中で薬にされてきた物を取り上げ、本当に効能があるかどうか説明している。例えば人屎（糞）、人尿、乳汁、婦人月水、人血、人精、口津唾、人気、陰毛、人胞（胞衣《えな》）、初生臍帯（初子の臍の緒）、人勢（陰茎）、人胆、木乃伊《ミイラ》など三七種が取り上げられている。

婦人月水――今有方士邪術、鼓弄愚人、以法取童女初行経水服食、謂之先天紅鉛、巧立色名、多方配合、謂《参同契》之精華、《悟真篇》之首経、皆此物也。愚人信人、呑咽穢滓、以為秘方、往往発出丹疹、殊可嘆悪。按蕭了《真金丹》詩云：一等傍門性好淫、強陽復去採他陰。口含天癸称為薬、似恁沮洳枉用心。嗚呼！　愚人観此、可自悟矣。凡紅鉛方、今並不録

最近、怪しげな術で無知な人をたぶらかす方士《ほうし》（仙人の術を使う者）がいる。或る方法を使い、童女から最初の月経を採って飲ませるのだ。能書きを付けていろんな物を配合し、先天紅鉛と名付けている。漢、魏伯陽『周易参同契』で「精華」、宋、張伯端『悟真篇』で「首経」と呼んでいるのも、これと同じ物だ。無知な人は汚い下り物を飲んで秘伝の妙薬だと信じ込み、よ

く赤い湿疹を出している。なんと嘆かわしいことだろう。蕭了は『真金丹』の詩でこういっている。「邪道に狂った好色者は、陽を強めようとして他の陰を採る。天癸を飲んで薬だといい、あのどろどろした腐葉土のような物に取り憑かれている」ああ！　無知な人はこの詩を参考にして、どうぞ目を開いていただきたい。紅鉛の処方はすべてここには採録しなかった。

しかし李時珍は、月経には弓矢の毒消し、そしてまた病気が治った後、房事過多で再発したときに効能があるとして、処方を付けている。

人精――営気之粋、化而為精、聚于命門。命門者、精血之府也。男子二八而精満一升六合。養而充之、可得三升；損而喪之、不及一升。謂精為峻者、精非血不化也；謂精為空者、精非気不養也。故血盛則精長、気聚則精盈。邪術家蠱惑愚人、取童女交媾、飲女精液；或以己精和其天癸、呑咽服食。呼為鉛汞、以為秘方、故放恣貪淫、甘食穢滓、促其天年。吁！　愚之甚矣、又将誰尤？

営気の粋が精に化《な》り、命門［右の腎］に集まる。命門は精と血の府《くら》だ。男は二八、一六歳になると、精は満ちて一升六合になる。養い充《みた》していくと、三升は得られる。損えば減って一升にもならない。精を峻《すい》というのは血が変化して精になるからだ。また精を空というのは、精を養うのは気だからだ。血が盛んになると精も活発になり、気が集まると精も満ちるのはこのためだ。邪法を説く者は愚かな人を誑《たぶら》かし、童女と交わらせて陰液を飲ませたり、また本人の精液を女の天癸に混ぜて服用させたりする。これを鉛汞《えんこう》と呼び、秘法にしている。彼らは淫を貪り、汚物を好んで食べて命を縮めているのだ。ああ！　何と愚かなことだ。しかし、誰を咎められるだろう。

人気――医家所謂元気相火、仙家所謂元陽真火、一也。天非此火不能生物、人非此火不能有生。故老人、虚人、与二七以前少陰同寝、借其重蒸、最為有益

医家が元気・相火といい、仙家が元陽・真火といっているのは同じ物だ。天はこの火がなかったら、物を生み出せない。人はこの火がなかったら、生きてゆけない。老人、虚〔気血不足〕人は、一四歳までの少陰〔童女〕といっしょに寝、その火を借りて衰えた火を燻ぶらせるのが最も有益だ。

童男、童女の気は、寝間着のままいっしょに寝て臍から採るのがよい。若返りの法だといっている。

『本草綱目』の撰者は明の有名な医学者、李時珍（一五一八―一五九三）。字は東璧、号は瀕湖。蘄州（湖北省、蘄春）の人。

父親、李言聞は太医院の吏目（長官の下で庶務を掌る役人）だった。李時珍は家業を継いで医術を学ぶ。役人になり、楚王府、奉祠正の職に就く。

従来の本草書は、六朝、梁の陶弘景（四五三―五三六）が注釈を施した『神農本草経』に基づいて編纂されていた。唐・宋・元の時代に生まれた新しい知識は、注釈として付け加えられているにすぎなかった。

李時珍はこれらの本草書にあきたらなくなり、三〇歳の頃から新しい本草書の編集を始めた。各地を旅行して名医を訪ねて知識を広め、民間療法の調査もし、山野を歩いて薬物の標本を採集した。

そして従来の本草書を底本にし、更に八〇〇〇余種の関連文献を参考にして二七年間に三度草稿を書

き改め、万暦六年（一五七八）に『本草綱目』を完成させた。

従来の薬は効能により上品・中品・下品に分類されていた。李時珍はこの三品分類法を改め、薬材の違いによる動・植・鉱物といった独自の分類法を考案する。そして一六部、六〇余類に整理、配列し、名称・産地・形態・効能・処方例などを詳細に記述して実用の便をはかった。

例えば薬材の種類は一八九二種、処方例は一万余首にも及び、更に薬材の形態図が一一〇九幅も付されている。この分類方法は博物学的傾向が強いといわれている。

一六世紀までの本草書と薬学理論の集大成である『本草綱目』は、中医薬学の決定版なのだ。しかし世に出たのは李時珍の死後数年たった万暦二四年（一五九六）だった。金陵の胡承龍が出版したこの刊本は、通称「金陵本」と呼ばれている。さらに数年後、万暦三一年（一六〇三）に江西の夏良心と張鼎思が新しい版木で刻本を刊行した。この刊本は通称「江西本」と呼ばれ、現在ではこのほうの評価が高い。

『遵生八箋』

題名は、規則を守って長生きする八つの覚え書きという意味だ。規律正しい日常生活を送って、身心の健康を保つ養生法が説かれている。

房中養生も重視し、最初の清修妙論箋では要点、延年却病箋では色欲の戒めとそれをまとめた一〇箇条の教訓、飲饌服食箋では房中媚薬の害、そして霊秘丹薬箋では神仙不老丸など効果のある丹薬の処方が説かれている。

清修妙論箋――淫声美色、破骨之斧鋸也。世之人不能秉霊燭以照迷情、持慧剣以割愛欲、則流浪生死之海、是害生于思也

淫靡な音楽と美女は、骨を砕く斧と鋸《のこぎり》だ。世間の人は清らかな霊の燭《あかり》で迷った情を照らすことも、また知恵の剣で愛欲を断ち切ることも出来ないから、生死の海をさ迷うようになる。心が乱されているからだ。

延年却病箋――夫腎為命門、為坎水、水熱火寒、則霊台之焔藉以滅也。使水先枯竭、則水無以主而肝病矣；木病則火無所制而心困矣；火焔則土燥而脾敗矣；脾敗則肺金無資。五行受傷、而大本以去、欲求長生、其可得乎？

腎は命門といわれ、坎［八卦］・水［五行］の性質がある。水に熱がいき、火が寒になると、その影響で霊台［心］の炎も小さくなってしまう。水を枯渇させると、水なしで活動しなければならないから肝が病む。木が病んだら火を制御できなくなり心は困る。火が炎上したら土は燥《かわ》いて脾がやられる。そうなると今度は肺の金の本になる気がなくなる。五行がみな傷付き大本がなくなるのだから、これでは長生きしたくても無理だ。

〈五行と五臓〉中医学では腎には水、肝には木、心には火、脾には土、肺には金の気が流れ、五合生克の原理で結ばれていると考えられている。肉欲に耽ると腎水（精）が枯渇し、五臓の気の平衡が崩れて

長生きできなくなるのだ。

延年却病箋――陰陽好合、接御有度；入房有術、対景能忘；毋溺少艾、毋困青童；妖艶莫貪、市粧莫近；惜精如金、惜身如宝；勤服薬物、補益下元；外色莫貪、自心莫乱；勿作妄想、勿敗夢交；少不貪歓、老能知戒；避色如仇、対欲知禁、可以延年

陰陽は結びつきたがるものだから、性交に節度を持たせる。房中では技を使い、神〔心〕は交わらない。若く美しい女に溺れず、童女とは交わらない。妖艶な女に夢中にならず、娼婦に近づかない。精を金のように惜しみ、身を宝のように大切にする。ちゃんと薬をのんで、腎気〔精〕を補う。妻以外の女を追いかけたりせず、心は乱さない。妄想に耽けらず、夢で性交を見ても負けない。若い頃は遊びに呆けらず、年を取ったら戒めを知る。女を仇のように避け、欲を抑えることを知ると長生き出来る。

高濂は養生の法は節制にあると見なし、色欲を抑えられたら長生き出来るといっている。これらがその長生きの秘訣一〇箇条だ。

飲饌服食箋では媚薬の話をしている。内服・外用薬がある。内服薬は桃源秘宝丹、雄狗丸など種類が多い。外用薬は火龍符、蜘蛛膏、夜夜春など、軟膏・粉末・丸薬だ。使用法は耳・鼻・口・臍・肛門・膣・男子尿道口に詰める、手に握る、軟膏を塗付した帯を下腹に巻く、或は陰茎の根元にしばる、粉末を塗るなどだ。

しかし、媚薬の多くは硫黄や陽起石など強い熱と乾燥の作用がある薬だ。熱で腎火を妄動させて性力を高めるのだが、効果は長く続かない。自然の陰精の力で生じた欲火でなく、無根の火だからだ。陰

を傷付け精と血を煮詰めて体を衰弱させる。腫物が出たりして、熱性の疾病が起こる。害のある媚薬が多いから、内服薬は特に注意が必要だ。しかし、固精方のように早漏に効く薬もあると教えている。

『遵生八箋』の編撰者は高濂、字は深甫、号は瑞南道人。浙江、銭塘（坑州）の人。生没年代は不詳。明、神宗、万暦（一五七三―一六二〇）の頃に生存していたといわれている。

高濂は劇作家、詩人、そしてまた有名な養生学家でもあった。劇は南曲の『玉簪記』と『節孝記』、詩は『雅尚斎詩草』、養生学の書は『遵生八箋』の他に『仙霊衛生歌』がある。尚、『遵生八箋』の成立年代は万暦一九年（一五九一）だ。

本の内容。八箋の題名と巻数。

一　清修妙論箋（心をみがく法）二巻
二　四時調摂箋（四季の養生）四巻
三　起居安楽箋（ゆとりのある日常生活）二巻
四　延年却病箋（病気を追い払って長生きする）二巻
五　飲饌服食箋（飲食物と房中薬）三巻
六　燕閑清賞箋（読書と芸術鑑賞）三巻
七　霊秘丹薬箋（よく効く丹薬）二巻
八　塵外遐挙箋（俗世間を離れて）一巻

内容は日常生活の中でどうやって身心の健康を保ち、長生きするかという方法だ。衣・食・住が身体にもたらす影響、飲食、気功、導引、按摩、八段錦そして丹薬の処方など、道家理論に基づいた病気から逃れる養生長生法が説かれている。

高濂の房中養生思想は厳格で禁欲主義に近い。有名な理学家、王陽明（一四七二―一五二八）は同じ浙江人だから、高濂はその影響を強く受けているという。だが勇敢な面もあり、『素女経』、『千金要方』など六朝、隋、唐以来の房中養生経典が教えている性交禁忌日を最初に否定した点、また若い女性の月経は丹薬になると説いている点も見逃せない。

また心の修養として読書、骨董の鑑賞、草花園芸なども取り上げられ、文人として幅広い教養のあった高濂の一端がうかがえる。

『万暦野獲編』

明、沈徳符撰の筆記集。下は市井の珍しい出来事から、上は宮中の内幕を暴露した、宦寺（宦官）の淫事や房中術の流行など、淫靡な話を多く含んだ野史だ。

巻二十一「進薬」嘉靖間諸佞倖進方最多、其秘者不可知。相伝至今者、若邵陶則用紅鉛、取童女初行月事、煉之加辰砂以進。若顧盛則用秋石、取童男小遺、去頭尾、煉之如解塩以進。此二法盛行、士人亦多用之。然在世宗中年始餌此及他剤以発陽気、名曰長生、不過供秘戯耳。至穆宗以

壮齢御宇、亦為内宮所蠱、循用此等薬物、到損聖体、陽物昼夜不仆、遂不能視朝

「献上薬」嘉靖年間、佞倖たちはこぞって薬を献上した。処方は秘密にされていたから、どんな薬かよくわからない。しかし、中には今日まで伝えられているものもある。例えば邵元節と陶仲文は「紅鉛の処方」を使い、童女の初経を煉って辰砂のようにして献上した。うまくき寵愛されるようになると、今度は「秋石の処方」を使い、童男の小便を処方どおり煉り、塩の粉末のようにして献上した。この二つの処方は盛んに用いられるようになり、士大夫たちもよく使った。こうして世宗［在位一五二二―一五六七］も中年になってから、これらの薬と他の熱剤を飲んで陽気を高めるようになった。長生に効果があるというのは名目にすぎず、秘戯［性交］のために献上されたのだ。穆宗［在位一五六七―一五七二］は壮年［二九歳］になって帝位に就いた。そしてまた宦官たちに惑わされてこれらの薬を飲むようになり、聖体を傷めてしまった。陽物が昼夜立ちっぱなしになり、とうとう朝廷の務めに当たれなくなったという。

〈世宗〉嘉靖帝の廟号。丹薬を飲みすぎて崩御している。

〈邵元節〉皇帝に陶仲文を推薦した佞臣。

〈陶仲文〉道教の丹薬に精通した地方役人。後に大臣になる。

補遺巻一「宮詞」嘉靖中葉、上餌丹薬有験、至壬子冬、命京城内外選女八歳至十四歳者三百人入宮。乙卯九月、又選十歳以下者一百六十人、蓋従陶仲文言煉薬用也。其法名先天丹鉛云、又進之可以長生

「宮詞」献上された丹薬に効き目があった。嘉靖三一年［一五五二］の冬、都の内外より、

八歳から一四歳までの少女を二〇〇人選んで宮中へ入れるよう勅命が下った。さらに嘉靖三四年［一五五五］に、一〇歳以下の少女が一六〇人選ばれた。おそらく陶仲文の言上に従い、薬を煉るために使われたのだろう。「先天丹鉛」といわれる処方の薬で、同じように長生きできるといって献上されたのだ。

巻二十八「人痾」人生具両形者古即有之、大般若経載五種黄門。其四曰博叉半択迦、謂半月能男、半月不能男、然不云亦能女也。素問有男脈応女脈応之説、遂具両形矣。晋恵帝世、京洛有人兼男女体、亦能両用、而性尤淫、解者以為男寵大興之徴。然亦不聞一月中陰陽各居其半也。又呉中常熟県一縉紳夫人、亦大家女也、亦半月作男。当其不能女時、藁砧避去、以諸女奴当夕。皆厭苦不能堪、聞所出勢偉勁倍丈夫、且通宵不訖事云。按二十八宿中、心房二星皆具両形、則天上已有之、何論人世

「両性具有者」生まれつき二形《ふたなり》の者は昔からいた。唐、玄奘訳『大般若経』に五種類の黄門［子種のない男］の話が載っている。四番目は博叉半択迦《はくしゃはんたっか》で、半月は男、半月は男でない者だといい、女だとはいっていない。『黄帝内経・素問』に「男脈応女脈応」［男ノ脈ニモ、女ノ脈ニモ応ジル］という言葉がある。二形の者のことだ。晋、恵帝［在位二九〇―三〇六］の時代、都に男女の体をした者がいた。どちらも使えて淫蕩だった。よく知っている者によると、男を好む傾向があったという。一月《ひとつき》の半分は女で半分は男だったという話は残っていない。また呉の常熟県に名門出身の貴夫人がいた。半月は男になる。そのときは夫を避け、女中と寝たという。ところが女中は耐えられないといって、みな嫌がった。勢《もの》が人の倍ほどもあり、一晩中や

めないというのだ。二八宿の「心」と「房」の星は、どちらも二形だ。天上もこうなのだから、人の世に於いておやである。

〈博叉半択迦〉梵語 Paksa-pandaka の音訳。
〈心〉さそり座σ・なかご星。
〈房〉さそり座π・そい星。

沈徳符（一五七八―一六四二）、字は景倩・虎臣・景伯、浙江、嘉興の人である。翰林院の役人だった祖父と父親に従って上京、幼い頃から北京で育ち、国子監で学んだ。万暦四六年（一六一八）の挙人。

祖父と父親が死亡した後、浙江へ帰る。欧陽修の『帰田録』に倣い、幼い頃から祖父と父親から聞いていた朝廷の話に、彼自身が見聞した事柄を書き加えて記録を始める。万暦三四年（一六〇六）に『万暦野獲編』二〇巻を完成。さらに万暦末年に続編一二巻を付け加えた。

清、康熙二五年（一六八六）、桐郷の銭枋（字、爾載）が、内容が雑多で調べにくかったため、列朝・宮闈・公主および技芸・神仙・鬼怪など四八門（項目）に分けて編集しなおし、三〇巻にした。また康熙三八年（一六九九）、沈徳符の五代後の孫、沈振が新しい資料を探し出し、補遺を八巻付け加えた。

さらに清、道光七年（一八二七）、姚氏が新たに扶荔山房版の刻本を刊行するとき、この補遺八巻の内容を、銭枋版三〇巻本の項目順に並べなおして四巻にまとめた。これが現在の『万暦野獲編』だ。

一九五九年、北京中華書局は、元明史料筆記の一冊として、この姚氏の刻本を排印本（上・中・下巻）にして出版した。誤字と脱文は清代の抄本を参考にして訂正されている。
沈徳符の書斎は清権堂・敝帚軒といい、著書は『万暦野獲編』の他に、『清権堂集』、『敝帚斎詠談』などがある。

『勿薬元詮』

日頃の修煉に基づいて健康を保つ法を説いた養生宝典。食べ物から栄養を摂り、気功・導引で体力を養う。日常生活に注意して、よく生じる病から身を守る。また「色欲傷（色欲の害）」の章では、過度の性交がもたらす害が説かれている。

色欲傷――男子二八而天癸至、女人二七而天癸至、交合太早、斫傷天元、乃夭之由。男子八八天癸絶、女人七七而天癸絶、精血不生。入房不禁、是自促其寿算。人生之血、百骸貫通、及欲事作、撮一身之血、至于命門、化精以泄（人之受胎、皆稟此命火以有生。故荘子曰：火伝也、不知其尽也）。夫精者、神倚之如魚得水（神必倚物、方有附麗。故関尹子曰：精無人也、神無我也。《楞厳経》曰：火性無我、寄于諸縁）、気依之如霧覆淵。不知節嗇、則百脈枯槁。交接無度、必損腎元、外雖不泄、精已離宮、定真精数点随陽之萎而溢出、如火之有煙焰、豈能復返于薪哉！

男は一六歳、女は一四歳で天癸が生じる。性交を早くしすぎると天元が損われて夭折する。男は六四歳、女は四九歳で天癸がなくなり、精〔精液〕と血〔月経〕がとまる。同じように性交を続けていたら、寿命を縮める。体内で生じる血は体の隅々まで流れている。交わると全身の血は命門に集まって精に変わり出ていく〔胎児が出来るのはこの命火を受け取るからだ。荘子が「火は伝わり、とどまることがない」といっているのは、このことを指している〕。ちょうど魚が水と切っても切れない関係にあるように、精には神がくっついている〔神は必ず物に付き、輝きをもたらす。それで春秋末の道家、関尹子は「精は無人、神は無我だ」といっているのだ。また仏典『楞厳経』も「火性は無我で、諸々の縁をきっかけにする」と説いている〕。気は霧が淵を覆うように、精に依存している。節制しなかったら百脈〔全身の経脈〕は枯れ衰える。交接が過ぎたら必ず腎元が損われる。泄らさなくても、精はすでに宮〔腎?〕を離れているから、陽物が萎えて小さくなるにつれ数滴あふれ出てしまう。薪に火がつき煙と炎が出たら、元に戻せないのと同じだ〕。

〈天癸〉人体の生長発育と生殖機能を促進するのに必要な物質（『黄帝内経・素問』）。

〈元〉生命の本元。別称天癸。

「色欲傷」の要点は三項目になる。一、早婚は害になる。二、房事を慎まないと、腎元が損われて寿命を縮める。三、精は出たらもとへ戻せない。道士の房中術「還精補脳」の法は信じられない。

作者は明末から清初の名医、汪昂（一六一五―?）、字は訒、安徽省休寧の人。

若い頃は儒学を勉強し、都へ出て科挙を受けて役人になろうと志していた。明が滅亡したので望みを捨て、方書（処方の書）を学び、医学に専念した。『本草備要』、『素霊類纂』、『湯頭歌訣』、『薬性歌括』、『経絡歌括』、『医方集解』などの著作がある。『医方集解』は、清、康熙二一年（一六八二）に刊行された。『勿薬元詮』はこれの後に付け加え、同時に出されている。汪昂はすでに七〇歳近い年になっていた。常に養生に努め、修煉を積んでいたから、八〇歳を過ぎても耳目聡明で著作を続けていた、といわれている。

『養病庸言』

沈嘉澍が体験に基づいて書いた養生書。清、光緒三年（一八七七）に求放心斎が刊行した版本がある。その後、光緒二六年（一九〇〇）に重版が出ている。内容は養病六務、養病六戒、そして男女の情欲の処理法など大半は房中養生の話だ。しかし、全文はあまり長くない。

沈嘉澍の字は子復、江蘇省大倉県の人。呉県に移り住み、士大夫の身分で生涯を送った。生没年不詳。

家には財産があり、妻と妾たちがいた。若い頃、房事過度で病気になり、痩せ衰えてしまう。厳しい修煉を積み、養生して元気を取り戻す。晩年、その体験をまとめたのが『養病庸言』だ。

老子云：不見可欲、使心不乱。玉体横陳、肉薄相切、除是聖賢仙仏、方能不動心、下此則当之而靡矣。故養病必服独宿丸、且必独宿、則導引之功可施也。妻妾雖正色、然亦要格外節制、格外矜厳。妻妾相対如待師、与妻妾同臥、如防寇盗、則情欲之感無介乎容儀、燕私之意不形于動静矣。病苦利害、妻妾只可在室外料理薬餌、預備服食、不可見面

「欲しくなるような物は見ないようにして、心を乱さないことだ」と老子はいっている。女のきれいな体が横にあったら、たまらなくなる。聖賢、仙人、仏ならいざ知らず、動揺しない者はいない。そのうちになびいてしまうのが落ちだ。それだから、療養中の者は独宿丸を服用し、さらに独りで寝るようにすれば、導引をして養生できる。妻や妾は色っぽい。しかし、ぐっと抑えて自重しなければならない。師と接するように応待し、いっしょに寝るときは強盗から身を守るようにすれば、情欲が生じても乱されなくてもすむ。気持は安らぎ、動揺することはない。病で体が苦しいときは、妻と妾は部屋に入れず、薬餌も食べ物も外で作らせて準備させる。顔を合わせてはいけない。

〈不見可欲……〉『老子』上篇・第三章にある言葉。〈薬餌〉滋養強壮の薬。

凡夫妻同寝、彼此都一毫不動欲念、互相抱持而睡、則陰陽之正気互相感受、互相調剤、極有益処。欲念一動則敗矣

夫婦はいっしょに寝ても情欲を抑さえ、抱き合って眠る。そうすれば陰陽の正気が交流し、補い合って好い効果が生じる。情欲が動けばだめになってしまう。

なくても困るが、ありすぎても大変だとわかる。女も金も同じだ。

Ⅴ　清の時代

『婦科玉尺』

清、乾隆三八年(一七七三)に刊行された、沈金鰲撰『沈氏尊生書』の中の一篇。この書物は内・小児・産婦人各科の病理学と診断法を、臨床に基づいて具体的に解き明かした医学書だ。「脈象統類」、「諸脈主病詩」、「婦科玉尺」など七篇の内容で構成されている。

『婦科玉尺』はこの一篇を独立させ、翌年の乾隆三九年に刊行された。

玉尺は堅くて磨耗せず、狂いがこない。物差しとしては最高のものだ。『婦科玉尺』は、玉尺と同じように産婦人科医学のすぐれた手本だという意味である。

全六巻の内容。巻一、求嗣、月経。巻二、胎前。巻三、臨産、小産。巻四、産後。巻五、崩漏、帯下。巻六、婦人雑病。

各項目とも、まず最初に総論として病因と発病、そして症状の変化と治療法を説き、次に歴代の医家の学説を紹介し、最後に新しい処法と従来の良く効く処方を付けている。

学説の引用文も重要な部分に的を絞り、要領よくまとめられている。繁雑でなく、分かりやすい。

性医学に関する話は巻一、求嗣の章に多く、養精の法、性交の法などが論じられている。

巻一、求嗣——養精之法有五、袁了凡云:一須寡欲、二須節労、三須息怒、四須戒酒、五須慎味。蓋腎為精府、凡男女交接、腎気必為震動、腎動則精随以流、外雖未泄、精已離宮、未能堅忍者、必有真精数点、随陽之痿而溢出。故貴寡欲

　日常生活の養精には五つの方法がある、と袁了凡はいっている。一は節欲、二は過労を避ける。三は怒りを静め、四は節酒、五は美食の慎みである。腎は精の府だ。男女が交合すると腎気は震えて動く。腎が動くと精が流れ出る。体外へ泄《も》れなくても、精はすでに宮（陰茎）まで来ている。しっかり抑えられなくなり、陽物がしぼむにつれて真精が必ず数点溢れ出てしまう。故に節欲が大切なのだ。

精成于血、如目労于視、則血于視耗；耳労于聴、則血于聴耗；心労于思、則血于思耗。吾随事節之、則血得其養、故貴節労

　精は血で出来ている。見すぎて目が疲れたら、血が消耗する。聞きすぎて耳が疲れたら、血が消耗する。考えすぎて心が疲れたら、血が消耗する。物事をするとき、無理をしなかったら、血は養われる。故に無理をしすぎないことが大切なのだ。

腎主閉蔵、肝主疏泄、二臓皆有相火、而其系上属于心；心、君火也。怒則傷肝而相火動、動則疏泄者用事、而閉蔵不得其職、雖不交会、亦暗流而潜耗。故貴息怒

　腎は閉ざして蓄える働きを、肝は排出する働きを担っている。どちらの臓にも相火があり、上部の心とつながっている。心が君火なのだ。怒ったら肝に影響し相火が動く。排出する力が働いて、腎は務めを果せなくなる。交合をしていなくても、いつの間にか精は流れ出し、なくなっていく。故に怒らないようにすることが大切なのだ。

酒能動血、人飲酒則面赤手足紅、是擾其血而奔馳之也。血気既衰之人、数月保養、精得稍厚、然使一夜大酔、精髄蕩矣。故貴戒酒

酒には血を動かす力がある。酒を飲むと顔や手足が赤くなるのは、血を騒がせ走り回らせるからだ。血気が衰えた人は数カ月静養し、精を蓄えてから一晩大いに飲むといい。酔うにつれ、精も揺蕩《たゆた》ってくる。故に節酒が大切なのだ。

濃郁之味不能生精、淡泊之味乃能補精。蓋万物皆有真味、調和勝則真味衰。不論腥素、但煮之得法、自有一段衝和恬淡之気。蓋人腸胃能啖食穀味、最能養精、故貴慎味

こってりした味は精のためにならない。あっさりした味のほうが精のためになる。物にはみな独特の味があるから、調理をしすぎると本来の味が失われてしまう。生臭物、精進物にかかわらず煮るだけにするのがこつで、自然に丸味のある淡泊な味がでる。人の胃腸は穀物をたくさん食べられるように出来ていて、それが一番養精になる。故に美食を慎むことが大切なのだ。

進火有法――《養生経》云：交合之時、女有五傷之候、一者陰戸尚閉不開、不可強刺、刺則傷肺；二者女興已動欲男、男或不従、興過始交則傷心、心傷則経不調；三者少陰而老陽、玉茎不堅、挙而易軟、難入不得揺動、則女傷其目、必至于盲；四者経水未尽、男強逼合則傷其腎；五者男子飲酒大酔、与女交合、茎物堅硬、久刺不止、女情已過、陽興不休則傷腹。五傷之候、安得有子

性交の法――『養生経』はこう説いている。性交をするとき、女には五傷の兆しがある。一、陰戸がまだ開いていなかったら、無理に突いてはいけない。肺を傷める。二、女が興奮して求めているのに男が応じず、冷めてからすると心を傷め、月経が不調になる。三、若い女が年を

取った男と交わると、陰茎が立たず、立ってもすぐに萎えてなかなか入らないから、動かしてもらえない。女は目を傷めて必ず見えなくなる。四、月経がまだ終わっていないのに、男が無理にすると腎を傷める。五、男が酒に酔って交わると陰茎はいつまでも堅く、なかなかやめない。女がいってもまだ続けているから、腹を傷める。五傷の兆しがあれば、子供が出来るはずがない。

煉精之法——煉之之訣、須半夜子時即披衣起座座、両手搓極熱、以一手将外腎兜住、以一手掩臍、而凝神于内腎。久久習之而精旺矣

精を煉る秘訣。夜中一一時から一時頃、上着をひっかけて座り、両手をもんでこすって熱くする。片手で金玉を握り、もう一方の手で臍を覆って神を腎に集める。長く続けていると精が旺盛になる。

これは気功導引による養精法だ。

『仁寿鏡』

臨床治療に基づく、示唆に富んだ有意義な性医学も含まれた医学書。内容は婦人科、産科、小児科、男科（男性の生殖器官疾病専科）、そして性医学に及んでいる。

寧闇集、宜男集、益毋集、保赤集の四巻に分かれ、性医学に関する話は、第二巻宜男集にある。撰者は清、孟葑。光緒二一年（一八九五）刊、渝城術古堂刻本が残っている。

最初に論じられているのは、性交は人体にどのような影響を及ぼすかという問題だ。性交は人体に害をもたらすだろうか？　このことに関して従来の医者は、まともな答えを出していなかった。大半の医者は総体的に考えず「耗精（精の消耗）」という点だけを強調していた。

孟葑はこの問題にこう答えている。

宜男集――正常的性交合能使周身血脈通泰、気暢情歓。此在強壮之年則然。及至中年交感、本已精涸髓枯、雖泄不暢、亦不甚楽。此等情状、人人可以自験者

正常な性交は全身の血液の巡りをよくして整え、また気の流れもよくなるから、心地よい安らぎが残る。これは体が強壮な若い年代の話であって、中年になると精が少なくなり、髄も枯れてくるから、いってもすっきりせず、もうひとつ充実感が乏しくなる。このことは、だれでもひとりでに分かるようになってくる。

また、こう言っている。性交は全身運動だから、体内の器官、五臓六腑、経絡そして百骸（骨全体）と関係している。運動は経を広げ、絡の通りをよくする。

〈経略〉気を臓腑から四肢、百骸へ通す脈。上下、つまり縦に通っている主脈が経。そこから分かれた支脈が絡。

性交が始まると、さらに心臓の君火と腎臓の相火が反応して燃え上がり（君相火旺）、血液の流れを早めるから、全体の血の流れが整う（血脈通泰）のだ。

〈君火〉心臓は五臓六腑の君主。

健康で楽しい性交は、夫婦の気持ちが一つになって昇華する。神秘的な快感に伴って性の緊張がほぐれ、体にたまったエネルギーを発散させてくれるから、心地よい安らぎ（気暢情歓）が残る。中年になると身体は徐徐に衰え、精力も減退する。それに伴い性感も弱まり、血脈通泰の効果も低下する。

孟葑はこのような観点から、またこう説明している。若くても無理しすぎたら、性感は低下し、血脈通泰の効果はなくなる。反対に中年になっていても、性交をする間隔をあけて精を充分に蓄えたら、快感は高まり、気血が全身を巡るようになる、といっている。

次に取り上げられているのは、どうやって素質のよい子を作るかという優生の問題だ。まず節欲して精を蓄え、精神と感情が高ぶらないように気をつけなければならない。孟葑は日常生活の規範をこう教えている。

宜男集――毋傷于思慮、毋耗其心神；毋意馳于外而内虚、毋志傷于内而外駁、毋以酒為色媒、毋以薬而助火、葆精彙神、静養曰久、及至陰陽交媾、両神相搏、其一点先天元真之気、勃勃生育之機、即寓于情欲大動之時

心配しすぎて、心、即ち神を消耗させてはならない。あれこれ気を遣いすぎて、心を空《から》にしてはいけない。一つのことを気にして、そればかりに拘るとよくない。酒を飲んで色情を刺激させてはいけない。薬を飲んで性欲を高ぶらせるのはよくない。精を大切にし、神を統一して、昼間しばらく静養する。その後交媾し陰陽を一つにしたら、男女の神は融合して一滴の先天元

真の気となり、子供の出来るチャンスがくる。即ち、情欲が激しく燃えるときがそのチャンスなのだ。

子供を作りたいときは、天候も体に影響するから、月が明るくて空気が澄んだ夜がいい。気分もさわやかになり、ゆったりする。これを守ったら、生まれてくる子供は丈夫で頭もよく、しっかりしている。

酒は湿と熱を生み、情を乱すから、優性と優育によくない。

宜男集——除生冷煎熬炙煿外、惟酒最不宜多飲。蓋胎元先天之気、極宜清楚、極宜充実。而酒性淫熱、非惟乱性、亦宜乱精。精為酒乱、則湿熱已居半、真精只居半矣。精不充実、則胎元不固。精多湿熱、則他日胎毒瘡瘍、痘疹、驚風脾敗之類、率已造端于混沌之初

生もの、冷たいもの、油でいためたもの、煮つめたもの、火であぶったもの、そして油でいためて揚げたものは食べすぎたらよくない。これと同じように、酒も飲みすぎたらよくない。胎児の元になる先天の気は、混じりけのない充実した状態にしておかないといけない。ところが酒には淫熱の性質があるから、性を乱すだけでなく、精も乱すことになる。精が酒で乱されると、湿熱がその半分を占め、真精は半分になってしまう。精が弱まると胎児の元も弱くなる。その後、胎児になっても、瘡瘍《できもの》ができたり、痘疹《てんねんとう》にかかったり、驚風《ひきつけ》を起こしたり、脾が悪くなったりする毒が宿っている。胎児になる前の混沌とした状態のときに、病毒の種がまかれていることが多いのだ。

中国の伝統医学では、精・気・精は体内のエネルギーで、三宝だと考えられている。さらに三宝に

はもう一種類、両親から受け継いだ元精・元気・元神（ＤＮＡ）がある。二種類に分けられているのだ。

優生の問題では、何よりも神が重視されている。これは性交にとって大切なのは心だということで、考慮に値する。

優生の点で今と昔と違うところは、昔は健康な子どもを作ることが大切だとされていた。しかし、現在は変わり、美しい容貌が重視される傾向にある。

『賽金丹』

清、同治一三年（一八七四）に刊行された、性心理に関してうがった見解を述べた書。賽金丹は、金丹にも劣らないという意味だ。

金丹は昔、道士が煉った不老長生の薬。黄金から煉製した金液、それに丹砂から煉製した還丹を混ぜ合わせた丹薬で、これを飲むと神仙になるといわれた。『賽金丹』では、金丹を飲ませなくても、心で性欲をコントロールできたら、不老長生になれる教えが説かれている。編者は藴真子、生没年不明。また版元も不詳。

性欲を起こすメカニズムの中で、藴真子は精神と意識、つまり心、即ち神の反応を重視している。

外感之欲易戒、内生之欲無窮。或耳目聞耳、而情動于中、或静室座臥、而欲念勿起

外からの刺激で起こる欲は抑えやすい。しかし、体内で起こる欲には限りがない。耳で聞いたり、目で見たりすると、体中の情が動く。或いはまた、静かな部屋で坐っていたり、横になっていたりしても、突然、情欲が起こる。

蘊真子は、性欲が起こる経路が二つあると考えているのだ。

一　外から入ってくる——本、絵、劇などは性幻想を生み、心の君火を燃え上がらせ、腎などの相火を誘発して強い性欲を引き起こす。

二　体内で起こる——外から刺激がなくても、心で性幻想がわく。或いは淫らな思いに耽っていると心神が反応し、同じように性欲が生じる。

性欲が亢進すると限度がなくなり、身体に害があるだけでなく、仕事にも影響が及ぶようになる。養生して健康を保つためには、性欲の亢進を抑えることが大切だ、と蘊真子は諭している。

性欲が起こるキーポイントは、一の場合も二の場合も心神の反応にある。性欲の亢進を防ぐ基本は、心を動揺させないようにすることだ。

寡欲之功何？　先曰：先治心。心者、身之主、而君火也、火性炎；君火一動、則肝腎之火皆動。腎水遭煉泄于外、而竭于内、百病乗入而入矣

欲を少なくするにはどうしたらいいか？　まずなによりも心を治癒することだ。心は身体の君主で、性欲を燃え上がらせる火は君火なのだ。心に火がついたら、肝と腎の相火にもつく。腎水は加熱されて外へ洩れてしまい空になる。それに乗じて百病が入り込む。

〈訳註〉水は火に克《か》つ（五行の法則）のに、負けるとバランスが崩れる。

蘊真子は三つの方法を教えている。

一　気分転換の法

美色当前、須想此物陰柔孤媚、敗国亡身、多由于此……色字頭有刀、絶字半是色。如此設想、則欲火一萌、立即撲滅。心君自然寧静

美女［色］が前にいたら、うわべは柔順だが腹黒い、人を惑わす狐だと思えばいい。国が滅んで身も亡ぶのは大概このような女のためだ。色の字の頭には刀があり、絶の字の半分は色ではないか！　こう思ったら、欲に火がついてもすぐに消え、心の君火も自然におさまる。

二　体を動かす法

蓋労則善心生、逸則淫心熾

体を動かすと善心が生じ、何もしないでいると淫心が生じる。

いつもスポーツをして体を鍛える。また体を動かして仕事に精を出す。体を動かすと精力が発散されて雑念を取り除く働きがあるから、性欲の亢進を緩和する助けになる。性生理と性心理面での緊張がほぐされるからだ。

反対に何もせず、のらくらしていたら、精力のはけ口がなくなり、淫らなことを想像して性欲が心から離れなくなる。

三　気功導引の法

倒陽法：如陽挙、以心下注丹田、提縮陽物、呼吸気三五口倶従丹田也入、自倒

陽物を倒す法――陽物が立ったら、心の目で丹田を見ながら、陽物を引き上げて縮め、三ないし五回、口から空気を吸って丹田へ運ぶ。自然に小さくなる。

性欲が高まって陽物が勃起したら、丹田を内視し、肛門をぐっと引き上げて陰嚢を縮める。同時に気功を使い、丹田呼吸をすると性欲は自然におさまり、陽物も小さくなる。

蘊真子は倒陽法の一つに、以紙捻攪耳心（こよりで耳の穴をかき回す）法があるといっている。くすぐったいから、気持はそちらへ行ってしまい、性的興奮はおさまるというのだ。これは気分転換の一種だといえるだろう。

精を保つために、接して洩らさずの房中術を使っている人がいる。蘊真子は、この方法は養生によくないだけでなく、性機能障害になりやすいといっている。

外雖未泄、内已離宮、不能復帰其位

外に洩らさなくても、内ではすでに宮［睾丸］を離れているから、再び元に戻すのは難しい。この精は病的な停滞状態におかれているから、体に害があり、前立腺炎のような下焦鬱血性の疾病が起こりやすくなる。

〈下焦〉三焦の一つ。腎、膀胱、大腸と小腸を指す。気を体内に巡らせる働きがある。

さらにまた、早泄、遺精、滑精などの性機能障害が起こりやすくなると注意している。

〈早泄〉挿入前に洩れてしまう。また挿入後、すぐに洩らしてしまう。〈遺精〉夢精、手淫、性交過多による精液の排出。〈滑精〉夢を見ず、目が覚めていて洩らしてしまう。

甫動念而精自流溢、致成遺滑淋濁

ちょっとその気になっただけで精がひとりでに洩れてしまい、小便に精が混じって出る病気になる。

『賽金丹』は現代の性心理・生理の観点から見ても価値が高いといわれている。

『養生秘旨』

元気の源、精気をどうやって保つか、気功導引に基づいて説いた男性養生法の書。清、光緒一九年（一八九三）刊。著者、出版社は不詳。

接して洩らさずの害、熄欲火の法、固精気功導引の法、煉精化気の法、そして積気生精の法など、性に関する養生法が具体的に述べられている。

一　接して洩らさずの害

性交時間を長びかせて楽しむため、女と一緒にいこうとするため、或いは接して洩らさずの法で養生しようとするため、精液が出そうになったとき、陰茎の根本の経穴《つぼ》、尾骨の端にある尾閭を指で押さえて止める。この精は腎府を離れて液になり、神気はすでに失われているから、身体の栄養にはならない。衰えた汚物を溜めても害になり、奇妙な病気を誘発する原因になる。男女の性反応の差を調節するために、一度止めた後に射精するのなら問題はない。しかし、そのままだと害になると『養生秘旨』は教えている。

二　熄欲火（欲火を消す）法

燃えていきそうになったら、熄火寧神（欲火を消して気持を静める）法がある。

急転念頭、即行調息之法、呼接天根、吸接地根、内有所事、則欲亦可固

調息の法を使って素早く気を散らす。息を天根［命門・右の腎］に届くまで吐き出し、今度は地根［丹田］に届くまで吸い込むと体内で変化が起こり、欲火も静まる。

『養生秘旨』はまたこう指摘している。射精の回数が適度なら、熄欲火法を用いる必要はない。性欲が激しい者にだけ適した法なのだ。そして適度な射精回数をこう教えている。

有天然之節何也？　男子十六而精通、二十以前両日復、二十以後三日復、三十以後十日復、四十以後月復、五十以後三月復、六十以後七月復。故六十閉戸、及時加愛養以為寿命之本也

適度な回数はどのくらいだろう？　男は一六歳で射精がはじまる。二〇歳までは二日に一度、二〇歳以上は三日に一度、三〇歳以後は一〇日に一度、四〇歳を過ぎたら月に一度、五〇歳以上は三カ月に一度、六〇歳以上は七カ月に一度が適している。だから六〇歳になったらいっそ戸を閉じ［射精せず］、養生に努めて長寿の本にするといい。

注意しなくてはならないのは、これは射精回数で性交回数ではないという点だ。

三　固精気功導引の法

性欲の亢進を抑える法。

人生之精、毎生于子時。此時盤膝正座、抱手置于臍下、口歯緊閉、用意念上提外生殖器（如忍

小便状）。進行深吸気、気至丹田・，然後口微張、慢慢呼気。但是、呼吸時要想象是以臍為門戸出入。毎天行一次、毎次行七遍。或陽挙、亦以此法行、自倒矣

　精は夜中の一一時半から一時半の間に出来る。この時あぐらをかき、背筋を伸ばして座り、両手を臍の下に当てて口をしっかり閉じる。意念［心の目］で陽物をぐっと引っ張り上げる。小便をこらえるときの要領だ。深呼吸をして気を丹田に送る。口をかすかに開き、ゆっくり気を吸う。但し、呼吸をするとき、臍を気の出入口だと想像して行う。毎日一度、一度に七回行う。また陽物が立ったときも、この法を使えば自然になえる。

　この固精法で大切な点は気を取り入れるときは長く大きく、出すときは弱くゆっくりすることだ。性欲の亢進を抑えるだけでなく、早泄、遺精、滑精などの性機能障害を防ぐ効果もあるから、歴代の養生家に重視されてきたと説かれている。

四　煉精化気の法

　刺激されて興奮したり、いきそうになってこらえたり、あるいは性交をしている夢を見ていかずに終わったりすると、精は精室（腎、丹田）から離れ、陰（生殖器）や会陰（陰茎の根元と肛門の間）に溜まってしまう。やはり気功導引の法で元の気に変えて、新たに臓腑の養分にすることができる。これが煉精化気の法だ。

　溜まった精は尿道に詰まって小便が出なくなったり、尿に混ざって赤白く濁ったり、むずむずして飛び出たり、凝り固まって痔瘻《じろう》になったりする。溜めたままにしていると、命にかかわるような病気を誘発しかねない。

溜まった精があるとき、心を穏やかにして気持を静め、深くゆっくり息を吸って手で陰茎を握る。息を吸うとき、意念で溜まった精を陰茎の根本から尾閭へ運び、上昇させて命門（腰部にある経穴。ここでは右の腎ではない）へ、そして脊椎に沿って玉枕（後頭部にある経穴）、さらに頭のてっぺんまで運ぶ。今度は息を吐きながら精をゆっくり下へ移し、丹田の精室へ戻す。何度も繰り返していると、溜まった精は再び精室へ戻り、臓腑の養分になる。

五　積気生精の法

不足した精を補う法。性機能を促進し、陰痿《インポ》、不育症、不射精症を治す効果がある。まず心神を安定させ、丹田を呼吸の門戸にして深く息を吸い、気を丹田に送る。それからゆっくり吐き出して、これを一息とする。

毎節積三十息、咽精一口、共積至十二節以後、周天一年三百六十日之数。数完自覚気満精生矣。行旬日功、禁欲節労、保守精気、自有奇験、久久行之、則精気生旺、諸病不生、開関之功全頼于此

三〇息ごとに口の中で唾を一回飲む。これを一二回、一年三六〇日と同じ数だけ繰り返す。終わると自然に気が満ち、精がついたと感じられる。この法を一〇日続けて禁欲をし、激しい労働を避けて精気を保つようにすると、不思議な効果が徐々に現れてくる。長い間続けると精気は旺盛になり、病気にかからず、性交もうまくいくようになる。

『産科心法』

著者は岐黄名家といわれた清代の産科の名医、汪哲。字は朴斎といい、安徽、休寧の人だ。生没年は不詳。汪哲は晩年に『産科心法』を書いている。長年の臨床経験に基づいた病気の治療法と薬の処方が要領よくまとめられた産科医学の宝典である。

〈岐黄〉伝説上の医術の祖、岐伯と黄帝軒轅氏。

内容は四つの部門、種子（子供を作る）、胎前、臨産、産後に分かれている。房中に関する教えは種子の中にある。

大凡難得子者、病有四件：其一、気不足。臨時必不能遠射、不射則精不入子宮、射不入子宮孕従何来？　且気旺則能生精、気虚則精必少。其二、精薄。血虚則精必薄、薄而不凝結何能成孕？其三、不恋場。設遇房事、未及入門、精已泄；或既入門、未戦数合即出矣。子宮尚未啓門迎接、女興方起、男興已尽、将何物以結胎？　其四、精寒。精既寒冷、投入必不凝結、蓋陰陽交合、必陽精熱、陰戸暖、二人相火並旺、性志合于一処、一交一受、自能成胎；如春暖則万物発生、冬冷則万物消索、此天地陰陽、自然之理也。人有前四者之病、故難于子嗣矣

子供ができないのは体に欠陥があるからだ。原因はだいたい四つに絞れる。

一　気の不足——射精するとき、強い勢いで奥まではじき飛ばす力がない。これでは精子が子

宮に入らない。それと気が旺盛だと精液は多いのだが、気が虚になっているから精液も少ない。

〈気が虚に……〉精液は気が液化したもの。気が虚だと液化する量も少ない。

二　精液が薄い――血が虚だと精液は薄い。薄いと凝固しないから、子供はできない。

〈血が虚〉栄養不足で血が弱る。

三　あっさりしすぎている――房事が始まり、まだ挿入していないのにいってしまう。挿入しても、あっと言う間に射精する。これでは子宮の口はまだ開いておらず、受け入れ態勢が整っていない。女がやっと興奮しかけたところで終わってしまってはどうにもならず、妊娠するはずがない。

四　精寒――精液が冷たいと射精されても凝固しない。陰と陽が交わるとき、陽精は必ず熱く、陰戸は暖かく、互いに燃えて気持が一つになり、男が入れて女が受け、初めて妊娠するのだ。春は暖かいから万物が芽生え、冬は冷たいから万物が消滅する。これは天地陰陽に基づく自然の理でもある。

〈寒〉病気の原因と考えられた気象学的因子、風・寒・熱・湿・燥・火の一つ。

子供に恵まれない原因は、以上四つの欠陥によるのだ。

汪朴斎は昔から歌われていた「種子歌」を、分かりやすく説き明かしている。

三十時辰二日半、二十八九君須算、落紅満地是佳期、金水過時空霍乱。空霍乱兮枉施工、樹頭樹底覓残紅。要如落花先結果、何愁桂子不成叢

三〇時間は二日半、二八、九時間は数えておくべし。紅葉が一面に散ったらチャンス、月経が終わったら大量の血はなくなってしまう。子作りには向かず、樹の上や下に残った紅葉を探すだけだ。花が落ちない前に実ができると分かったら、子供ができないと嘆くことはない。

〈三十時辰二日半、二十八九君須算〉昔、一日は一二時間。月経の期間を指している。月経になる前は無理をせず、始まったらむちゃは禁物だ。体を痛める。二八、九時間を数えておけというのはこのためで、月経のあるうちは房事をしてはならない。

〈落紅満地是佳期、金水（月経）過時空霍乱〉三〇時間を過ぎて血がまだ残っているとき、子供のできる率は高い。四〇時間でもまだ大丈夫だ。血が止まってから交わっても、子宮はすでに閉まっている。たとえまだ閉まらず、もし子供ができても女の胎児だ。

〈空霍乱兮枉施工、樹頭樹底覓残紅〉まだ血が完全に止まっていないとき精が入ると、残っている血に包み込まれて胎児になる。血がなくなってしまうと子宮は空虚になるから、とどまるのは難しい。しかし年が若くて血気盛んな婦女なら、新しい血がすぐに出てくるから、胎児ができることはある。それならこの場合、どうして女の胎児になるのだろう。血が精にぶつかると、精は開いて血が中に入ってしまう。離卦（☲）の形になるのだ。胎児は精と血がぶつかって一瞬の内に凝固してできる。快感が高まって精が飛び出たときは、胎児になるのか、ならないのか分からない状態だ。不思議なことに男女の心神精気が一つにならないとだめなのだ。もし物音がして気が散ったら、胎児にならない。心身が伝わっていないからだ。

〈要知落花先結果、何愁桂子不成叢〉血が完全に止まるまで待つ必要はないという意味だ。荷花《はす》、鳳仙花《ほうせんか》、石榴《ざくろ》など実を結ぶ花は、花弁が落ちないうちに、真ん中に小さな実ができている。そこで秘訣はこうだ。夜中、陽の子《ね》の刻（子から巳《み》の刻まで陽、午《うま》から亥《い》の刻までは陰、子の刻は午後一一時から午前一時まで）に交わると、必ず男の子になる。夜中まで寝ていると体は温まり、気血もほどよく混ざり合っている。このときが絶好のチャンスだ。間違いなく優秀な男の子ができる。

汪哲は自序の中で「これは数十年にわたる研究結果の集大成だ。効果があると確信したものだけをまとめた」といっている。末尾に乾隆四五年（一七八〇）と記されている。しかし、書物として刊行されたのは嘉慶四年（一七九九）だ。

このほかに光緒一九年（一八九三）の重刻本（古黔貞豊州と署名）、民国一三年（一九二四）の鉛印本（無錫、周吉人蔵）などがある。いずれも出版社は不詳。

『女科要旨』

清代の有名な医家、陳念祖（一七五三?—一八二三）の著。内容は調経、種子、胎前、産後、雑病、外科などになっている。調経、種子、胎前では、ほかの医家の説も紹介している。問答形式が取られている部分もあり、話は多く房事にも及んでいる。内容は深いが、やさしく説かれていて分かりやすいので、初学者そして臨床医家にも重宝されている。

〈調経〉薬物などで月経を順調にする。

『女科要旨』で陳念祖は「無子而諉于天命（子どもができないのは天命だと決めてしまう）」という考え方に反対している。子どもは人が作るので、天ではない。男女双方の体質、そして時機と方法に問題があるというのだ。

茲幸拝名師、于百年中而得有秘授焉。一曰択地、二曰養種、三曰乗時、四曰投虚。地則母之血也、種則父之精也、時則精血交感之会也、虚則去旧生新之初也。余聞之師曰；母不受胎者、気盛血衰之故也。衰由傷于寒気、感于七情、気凝血滞、栄衛不和、以致経水前後多少、謂之陰失、其道何以能受？　父不種子、気虚精弱故也。弱由過于色欲、傷于五臓、臓皆有精而蔵于腎、腎精既弱、闢之射者力微、矢枉不能中的、謂之陽失、其道何以能種？　胡腴地也不発瘠種、而大粒亦不長磽地、調経養精之道所宜講也

運よく名高い先生にお目にかかれて、こんな話を伺った。「これは長年かかって会得した子どもを作る秘術だ。一に地を選び、二に種を養い、三に時機に合わせ、四に虚に投じる。地は母の血、種は父の精、時機は精と血が一つになるとき、そして虚は古い血［月経］がなくなり、新しい血が出始めるときのことだ」続けてこう言われた。「母が受胎しないのは気は盛んなのに、血が衰えているからだ。寒気になると七情に影響する。気は一所に集まり、血は滞り、栄養不足になって抵抗力は減退し衰えてくる。月経は初めは多くても、終わりは少なくなってしまう。これを陰失という」「それではどうしたら受胎できるのでしょうか？」「父に子種がない

のは気が虚になり、精が弱っているからだ。それは色欲にふけり、五臓が傷んでいるためだ。臓の精はみな腎に蓄えられている。腎の精が弱っていたら、なんとか射精はできても力がない。矢は的からそれてしまう。これを陽失という」「それでは、どうしたら子種を植えつけることができるのですか？」「土地が肥えていても、種が弱いと芽は出ない。また種がしっかりしていても、土地が痩せていたら生長しないから、子どもを作るためには調経と養精が大切なのだ」と先生はおっしゃった。

〈寒気〉六淫の一つ、寒に気が冒される。〈七情〉喜・怒・哀・懼・愛・悪・欲。『礼記』礼運による。

また、陳念祖は性交の時機を重視している。

誠精血盛矣、又必待時而動、乗虚而入。如月経一来即記其時、算至三十時辰、則穢気滌浄、新血初萌、虚之時也、乗而投之。如恐情竇不開、陰陽背馳、則有奇砭納之戸内、以動其欲、庶子宮開情美、真元媾合、如魚得水、雖素不孕者亦孕矣。此法歴試歴験、百発百中者也、豈謬言哉！

まず精と血が盛んでないといけない。それから必ず時機を待って交わり、虚に乗じて子種を入れる。月経が始まったときを覚えておく。三〇時間［二日半。昔、一日は一二時間］たつと、汚れた気はきれいになり、新しい血が出始める。これが虚のときだから、タイミングをはずさずに子種を入れる。情欲がわかず、陰陽が乖離するのではないかという懸念があっても、陰茎を挿入されると不思議なことに燃えてきて子宮がうずき、気持がとけあって真元が一つになる。ふだん子どもができなくても妊娠する。この方法はこれまで何度も試みられてきた。百発百中だといわれている。間違いのあるはずがない！。

また陳念祖は袁了凡の説を引用して、こう教えている。

天地生物必有絪縕之時、万物化生必有楽育之候。猫犬至微、将受娠也、其雌必狂呼而奔跳、以絪縕楽育之気触之不能自止耳、此天然之節候、生化之真機也。凡婦人一月経行一度、必有一日絪縕之後、于一時辰間、気蒸而熱、昏而悶、有欲交接不可忍之状、此的候也。此時逆而取之則丹、順而施之則成胎矣

この世の生き物には必ず発情期がある。万物の誕生には必ず生み出す楽しみがあるのだ。猫や犬から小さな生き物に至るまで、ほとんどが受胎する。発情期になると雌は狂ったように雄を呼び、跳ねまわる。さかりがくると、止めることができない。自然に定期的に生じるこの時期は、子どもができる絶好の機会なのだ。婦女には月に一回月経がある。必ず一日ももやもやするときがあり、二時間ほど気持が高ぶって体が熱くなる。頭がぼうっとしていらいらし、性交がしたくてたまらない。このときがチャンスだ。逆に我慢して、その気を採り込んだら丹になる。そのまま出したら胎児になるのだ。

陳念祖は「子どもができるできないかは人によるのだ。人定可以勝天（人は必ず天に勝つことができる）」と考えていたことが分かる。

陳念祖は福建、長楽県の人。字は修園、号は慎修と良有。幼い頃、家は貧しかった。儒学と医学を学び、その後、福建、泉州の名医、蔡茗庄に師事した。乾隆五七年（一七九二）の挙人（地方試験、郷試の合格者）。直隷（河北）省、威県の知事などの官職に就く。嘉慶二四年（一八一九）、病気になり郷

里へ帰って療養する。その後、医学の講演をしていた。
著書は四八冊にも及び『医学実在易』『神農草経読』『傷寒論浅注』などがある。これらの医学書は『女科要旨』と同様、理論には定評があり、読みやすい。

『広嗣五種備要』

清、王実潁が王氏博採撰の『医宗金鑑』『証治準縄』『東医宝鑑』を参考にし、種子（子どもを作る）のための性医学をまとめた叢書、五冊――『種子心法』『保胎方論』『達生真訣』『新産証治』『金嬰須知』。広嗣は子どもを多く生んで育てる、という意味だ。刊行は道光元年（一八二一）。版元は不詳。『種子心法』は回天、選雌、寡欲、知時、知竅、療治、そして種子丸の処方などの内容になっている。

要寡欲（欲を抑える）

男以精為宝。男病有五；一、精寒；二、精無力；三、精頑縮；四、精易泄；五、陽痿弱。凡此皆淫欲無度、或酔飽行房、或熱薬助長、或思慮憂愁、或驚恐郁結、或強力久戦、以至真精耗散、腎虚精少、不能融結而成胎也。但腎蔵之府、蓋人未交感之時、精皆涵于原気之中、未成形質、惟男女交媾、則欲火熾盛、此気化而為精、自泥丸順脊而下、充溢于両腎、由尾閭至膀胱、外腎而施泄、是以周身通泰、気暢情歓、当強壮之年、美快不可勝言：至于中年交感、精従面上通来、髄涸精枯、雖泄不暢、亦不勝楽。乃人之可以自験者、欲種子者、必要寡欲、積精、養気、始能成胎

男にとって精は宝だ。精の病気は五つある。一、精寒［右の腎、命門の火が弱まって精液が冷たくなる］、二、精無力［真陽が衰えると命門の火が弱くなる。精子に浸透力がなくなり、胎児ができない］、三、精頑縮［排出された精液は濃縮して固形状になる］、四、精易泄［精がすぐに洩れる］、五、陽痿弱［陰萎《インポ》］。これらの病気の原因はやりすぎたり、酒に酔ってしたり、強精薬を用いてしたり、心配や悩みごとがあるのにしたり、びくびくしながらしたり、気がめいっているのにしたり、あるいは長丁場で頑張ったりするからだ。こんなことをすると真精が消耗し、腎虚になって精が少なくなり、女の血と融和できなくなるから胎児にならないのだ。しかし、性交が始まっていないとき、精はまだ体内の気の中に含まれていて形になっていない。交媾が始まると、欲火が激しく燃え上がる。このとき気は変化して精液になり、泥丸［脳にある丹田］から脊椎に沿って下に移り、両腎に満ちあふれる。さらに尾閭から膀胱、そして外腎［睾丸］へ移り、射精される。体中がすっきりして気持がいい。壮年だと、この快感は言葉で表せないほどすばらしいものだ。しかし中年になると精は表面に近い方を通るようになり、髄も精も枯れてくるから、射精してもすっきりせず、快感もにぶってくる。このことは自分で分かるから、子どもを作りたかったら、欲を抑えて精を蓄え、気を養わないと胎児はできない。

男寡欲則実、女寡欲則虚。前人云：寡欲多男。是知求嗣者、須要誠心寡欲、専俟紅将尽之時、男歓女悦、一種即成胎。倘好色多欲者、是自廃也。如男精未通而御女、則五体有不満之処、異日

必有難状之疾。如陽已痿而強色、則精竭内敗、切須忌戒
　男が欲を抑えると効果があり、女が欲を抑えても効果はない。昔の人は、欲を抑えよというのは男に対する注意だといっている。子どもがほしい者はしばらく欲を抑えて女の月経が終わるのを待ち、どちらも満足するまで交わると、一発で胎児ができるのが分かっていたからだ。好色で欲におぼれていると、自分でだめにしてしまう。まだ若くて射精する年齢に達していないのに女と交わると、五体は完全でないから、そのうちに必ず治らないような疾患が現れる。陽物がすでになえているのに無理にすると、精は涸《か》れて中を傷める。慎むべきだ。
男女寡欲、更須戒酒、夜必分房独宿。要知不見可欲、心即不乱。至于日間言笑挙止、亦不可戯狎、到動欲心。如欲心一動、雖不交感、而陽気已先泄矣。仏老家修心煉性、謂之内感、病同外感也、不可不謹
　男女は欲を抑え、さらに酒を飲まず、夜は必ず部屋を別にして寝る。欲を起こさせるものが目に入らなかったら心は乱れない。昼になったら楽しく語り合い、べたべたして欲を起こすようなことをしてはならない。欲が少しでも起こったら、性交をしなくても陽気は洩れてしまう。心と性の修煉を積んだ仏家は、これを内感といい、外感と同じようによくないから慎重にすべきだと教えている。
　要知竅（こつを知らねばならない）
男女交合、欲心倶熾、当其精血之至、彼此先後有不能自持者。必平昔熟審女情所向如何、迎機可令先至。而我在臨御、尤不可色情濃迫、以致力難堅忍、必俟女至方衝、則瞬睫二事交融、胎孕

結于不知不覚之中矣。然男又不可縦酒力、仗熱薬、恃強而御弱女、令其屢泄、則気衰不能摂精、均非種子之道也

性交をすると欲と心が燃え上がり、抑えられなくなってどちらかが先にいってしまう。男はふだんから女の燃えぐあいをよく知っておき、女がいきそうになったときに、射精するようにする。そのためには、始まったら気持を抑えてとことん我慢をし、女がいくのを待って射精する。そうすると精と血は瞬時に融合し、いつの間にか胎児の核になっている。しかし、男は酒や強精薬の力に頼って交わり、女を何度もいかせてはならない。そんなことをすると、女の気は衰えて精を採り込めず、子どもができなくなってしまう。

王実穎は療治の項でこういっている。女にとって血は大切だ。血の病は四つある。一、月経の時期が前後にずれる。二、月経が始まるとき痛む。三、血の混ざった帯下《こしけ》が膣から絶えず出る。四、月経時の大量出血。これはみな血気の不調が原因だ。月経があるとき、激しく怒ったり、飲食を摂りすぎたり、性交を続けてしたりすると真元が衰え、さまざまな病魔が入ってくるから、よく気をつけて治療しないといけない。

『秘本種子金丹』

子供を作る秘法が説かれている。金丹は不老長寿の仙薬、金丹のような効能がある秘法だ、という意味だ。

上巻は種子総論から始まり、男女情興、男有三至、女有五至など、房事、種子（子供を作る）、育子（子供を産む）の秘宝。そして下巻は保嬰（嬰児を育てる）になっている。

種子総論——生人之道、始于求子。而求子之法、不越乎男養精、女養血両大関鍵、蓋陽精溢瀉而不竭、陰血時下而無愆、陰陽交暢、精血合凝、胚胎結而生育滋矣。若陽虚不能下施于陰、陰虧不能上承夫陽、陰陽抵牾、精血乖離、是以無子。主治之法、男当益其精而節其精、使陽道之常健；女当養其血而平其気、使月事以時下。交相培養、有子之道也。世人不察、方且推生克于五行、蘄補食于薬爾。以偽勝真、以人奪天、雖孕而不育、育而不寿者多矣

人の出生《しゅっしょう》の道は求子「子供をほしいと願うこと」から始まる。求子の最大のキーポイントは男が精を養い、女が血を養うことだ。陽精があふれるほど射精されたとき、陰血がタイミングよく下りてくると、陰陽はスムーズに結びつき、精と血は一つになって胎児の核になり、子供が生まれる。陽が虚だと陰と結びつくことができず、また陰が弱いと陽を受け入れることが

できない。陰と陽はぶつかっても精と血は乖離してしまうから、子供にならない。これを治す法は、男は精を増やして大切にし、陽道［陽物］を常に強め、女は血を養い、気を静めて月経が順調にくるようにする。こうして互いに養生するのが子供のできる道だ。世の中の人は調べもせず、五行生克の占いを鵜呑みにし、さらに薬物に頼っている。これは偽が真に勝り、人が天に成り代わったようなものだから、たとえ妊娠しても子供は生まれず、生まれても長生きはしない。

〈道〉宇宙が万物を生み出す偉大な力。陰陽の法則。

男女情興――男女和悦、彼此情動而後行之、則陽施陰受而胚胎成、是以有子。若男情已至、而女心未動、則玉体纔交、瓊漿先吐、陽精雖施而陰不受矣；若女情已至、而男志或異、則桃浪徒翻、玉露未滴、陰血雖開而陽無入矣。陰陽乖離、成地不交之否、如之、何能生万物哉？

　男女が燃えて互いに情が動いてから性交を行えば、陽が施されると陰は受け止め、胎児の核になって子供ができる。男の情がすでに高まっているのに、女の心がまだ動いていなかったら、あっと言う間に先にいってしまい、陽精を施しても陰は受け止めることはできない。反対に女の情がすでに高まっているのに男の気持が合っていなかったら、女がいっても玉露［陽精］は注がれないから、陰血は開いていても中へ入る陽がない。陰陽が乖離していては、天と地が交わることはできない。これでは万物が生じるはずはない。

男有三至――男女未交之時、男有三至者、謂：陽道奮昂而振者、肝気至也；壮大而熱者、心気至也；堅勁而久者、腎気至也。三至倶足、女心之所悦也。若痿而不挙、肝気未至也、肝気未至、而強合則傷其筋、其精流滴而不射矣；壮而不熱者、心気未至也、心気未至而強合則傷其血、其精清冷而不暖也；堅而不久者、腎気未至也、腎気未至而強合、則傷其骨、其精不出、雖出亦少矣。求嗣者、所貴寡欲清心、以養肝心腎之気也

交わるとき、男に三至が必要だ。一、陽物が立って動くのは肝気が来たからだ。二、大きく熱くなるのは心気が来たからだ。三、堅くなり、いつまでもしゃんとしているのは腎気が来たからだ。三至になると女は喜ぶ。萎《な》えて立たないのは肝気が来ていないからだ。無理にしたら筋を痛める。精はぽたぽた流れ落ちて飛ばない。大きくなっても熱くないのは心気が来ていないからだ。無理にすると血を傷める。精は澄んで冷たく、温かくならない。堅さが持続しないのは腎気が来ていないからだ。無理にすると骨を傷める。精は出ない。出ても少ない。子どもがほしかったら、気持を静めて欲を抑え、肝・心・腎の気を養うことだ。

女有五至――男女未交之時、女有五至者：面上赤起、媚靨乍生、心気至也；眼光涎瀝、送情斜視、肝気至也；低頭不語、鼻中涕出、肺気至也；交頸相偎、其身自動、脾気至也；玉戸開張、瓊漿浸潤、腎気至也。五気倶至、男子方与之合、而行九浅一深之法、則情洽意美、無不成胎矣

交わるとき、女には五至が必要だ。一、顔を赤らめて、えくぼが出るのは心気が来たからだ。二、目を潤めて横目でちらっと見るのは肝気が来たからだ。三、うつむいて黙り、鼻水を垂らすのは肺気が来たからだ。四、顔を寄せて体を動かすのは脾気が来たからだ。五、玉門が開き濡れるのは腎気が来たからだ。五気が来てから九浅一深の法で交わると情が通い心は一つになるから、必ず胎児ができる。

〈九浅一深の法〉九回浅く、一回深く入れる抜き差しの法。膣の中一寸（琴絃）と中二寸（麦歯）は陰陽が最も交流しやすい部分だ。一深で止めて女の息をゆっくり鼻で三回吸い込む。九×九、八一浅、九×一、九深、合計九〇回で終わる。奇数は陽剛の数だ。九〇は最高だから、陽気も強まる。

『秘本種子金丹』の著者は清代の医家、葉天士（一六六七―一七四六）。名前は桂、字が天士と香岩。江蘇呉県の人。代々医者だった家に生まれる。名医をあちこち訪ねて師事し、多くの人に信頼される医家になった。『温熱論』などの著者がある。

光緒二二年（一八九六）、上海書局が刊行した石印本が残っている。序の末尾に「光緒二十有二年、曲阿廷瑜氏序」と記されている。曲阿廷瑜氏はどんな人物か不詳。本文の冒頭に「呉門葉天士著」と記されている。

『双梅景闇叢書』

有名な蔵書家、刻書家、そして版本・目録学家の葉徳輝（一八六四―一九二七）は、清、光緒癸卯（一九〇三）より、収集した稀覯本の刊行を始めた。一九〇七年、それをまとめて『双梅景闇叢書』とし、初版本を出す。さらに一九一四年、『天地陰陽交歓大楽賦』『素女方』など数点を追加して再版を出した。二六巻一七種が収録されている。
〈刻書〉木版刷で書物を刊行する。

『洞玄子』葉徳輝の序——夫房中之術、載在《漢書・芸文志・方技略》。《志》之言曰：「房中者、性情之極、至道之際、是以聖人制外楽以禁内情、而為之節文。楽而有節、則和平寿考。迷者弗顧、以生疾而隕性命」信哉是言！　曰「極」曰「際」曰「制」曰「禁」、非縦欲以敗度、乃養性以延齢也。洞玄子者、其容成、務成之流亜歟！　書中臚列三十法、為後世秘戯之濫觴。要其和血脈、去疢疾、其言出于《素女経》《玉房秘訣》之間、故医家重之、並相援引；惜伝世久遠、無有刊行者、余既録《素女経》《玉房秘訣》諸書、手校付刊、並及此書、以存古学

房中術は『漢書［芸文志・方技略］』に記載されている。芸文志はこういっている。「房中の書は性情が極みに達したら、至道の際［秘術］を使って交わる法を説いている。昔の聖人はこの術で外《そと》の楽しみを制して、内の情を禁《おさ》えた。房中の書を手本にしていたのだ。楽しんでも、むちゃをしなかったら、心は乱れず長生きできる。おぼれる者は顧みないから、疾《やまい》が生じ命を損なう」まさにそのとおりだ！　「極」「際」「制」「禁」というのは欲におぼれて度を過ごさず、性を養生して命を延ばすということだ。洞玄子は容成や務成の流れをくむ人物である。本の中に列挙されている体位三十法は、後世の秘戯の手本になった。要するに血の巡りをよくして、病気を治す法なのだ。このことは『素女経』や『玉房秘訣』でも説かれているから、医家も重視して応用している。これらの本は大切にして、いつまでも残しておきたい。刊行する人がいないので、わたしは『素女経』と『玉房秘訣』を校正して刊行した。この本も同じように刊行

し、昔の秘術を学べるように残しておく。

〈『漢書』〉後漢、班固撰。帝紀一二、表八、志一〇、列伝七〇、計百篇よりなる正史。志の一つに芸文志があり、その中に方技略がある。〈容成・務成（子）〉芸文志の中に出てくる房中八家の二人。『容成陰道』二六巻、『務成子陰道』三六巻があったという。葉徳輝はまたこういっている。『洞玄子』は陰陽秘道を説いた北宋以前の古い書だ。この書は隋唐史誌には載っていない。日本、丹波康頼撰『医心方』二八巻から引用した。文章は正しく、六朝時代の美辞麗句とよく似ている。『雑事秘辛』『控鶴監記』などの偽作とは同じ立場で論じられない。

内容はこうだ。なお括弧内の年号は最初の刊行年。

『素女経』（一九〇三）『素女方』（一九〇八）『玉房秘訣附玉房指要』（一九〇三）『洞玄子』（一九〇三）『天地陰陽交歓大楽賦』（一九一四）『板橋雑記』三巻（一九〇八）『呉門画舫録』（一九〇八）『燕蘭小譜附海鷗小譜』六巻（一九一一）『檜門観劇絶句附和作』五巻（一九〇八）『木皮散人鼓詞附帰荘万古愁曲』（一九〇七）『乾嘉詩壇点将録』（一九〇七）『足本詩壇点将録』（一九〇七）『東林点将録』（一九一四）『秦雲擷英小譜』（一九一四）。

海南国際新聞出版中心『双梅景闇叢書』（葉徳輝編、楊逢彬・何守中整理・校点、謝軍責任編輯、一九九五）には原本が影印、さらに排印にもされ、房中養生術関連の書には詳細な注が付されている。

内容はだいたい四つに分類できる。

一　天地陰陽の道に基づく房中養生術の書。『素女経』『玉房秘訣附玉房指要』『洞玄子』。これらの書は日本、永観二年（九八四）、丹波康頼が編纂した『医心方』第二八巻より収録されている。

『素女方』四季補益方七首は、葉徳輝が唐、王燾《とう》『外台秘要』と孫思邈『千金方』から探し出してまとめたものだ。『天地陰陽交歓大楽賦』は唐、白行簡撰、一九〇〇年、敦煌、鳴沙山の石室で見つかった抄本だ。葉徳輝が校訂を施し、まとめている。

二　梨園（劇場）の役者と青楼の妓女の略歴目録。『青楼集』『板橋雑記』『呉門画舫録』『燕蘭小譜附海鷗小譜』『秦雲擷英小譜』。雪蓑漁隠作『青楼集』は元、そのほかは清の時代の作。『秦雲擷英小譜』は乾隆の時代、秦（陝西省）の役者、祥麟、三寿、銀花など一四人の小伝だ。

三　栄枯盛衰の世に対する嘆きと憤懣を、詩、鼓詞、曲で表現したもの。『檜門観劇絶句附和作』『木皮散人鼓詞附帰荘万古愁』。前者は清、金徳英（檜門）等撰。後者は明、賈鳧西撰、明滅亡の嘆きが謳われている。附の『万古愁』は清、帰荘の作。内容は前者と同じだ。

〈鼓詞〉七字句を主とした俗謡。〈曲〉小唄。

四　清代、詩壇文人の名簿一覧表。『東林点将録』『乾嘉詩壇点将録』『足本乾嘉詩壇点将録』。点将は大将を選ぶという意味だ。前書は明、王紹徽撰。詩壇の文人を東林党の人物に対比させて配列している。後の二書の撰者は清、舒位。『東林点将録』が手本にされている。しかし対比させているのは東林党の人物ではなく、『水滸伝』の首領、百八人だ。葉徳輝は一九〇七年、初刻を刊行した。その後、『乾嘉詞壇点将録』の足本抄本を手に入れ、一九一一年新たに重刻本を出している。

〈東林党〉明末、顧憲成、高攀竜《はんりよう》らが政治改革を唱えて結んだ団体。

Ⅵ　中華民国・中華人民共和国の時代

『男女強壮法』

性を基本にして体を強壮に保つにはどうしたらいいかを説いた性医学の書だ。編者は民国、魏丕基。上海中西書局刊の鉛印本が残っている。発行年代は不詳。また魏丕基についても、どんな人物か分からない。冒頭に緒言があり、上編は男子強壮法、下編は婦女強壮法だ。魏丕基は緒言でこう述べている。

身体上各種器官、悉依正当之規則動作、而絶無変異状態、是即健康之表示。強壮者、則健康状態、而比較的能為超越与他人所不能動作之謂也。諺云：人有十分身体、方可做十分事業

健康な証拠は体の器官がすべて正常で規則的な動きに基づき、絶対に異常な状態でないことだ。強壮は健康な状態からもたらされるもので、他人がしても出来ない動作が比較的簡単に出来ることをいう。諺はこういっている。「体がしっかりしていないと、ちゃんとした仕事は出来ない」。

上編は呼吸力・生殖力・排泄力の強壮法、筋骨鍛煉の方法、色欲・春薬・手淫は強壮の妨げになるなど、二一項目。下編は月経時の忌避、産後の注意点、子宮を冷やさない方法、筋肉の衰えを防ぐ法、房事と受胎の関係、房事の注意点、気血と強壮の関係など、二五項目で構成されている。

それでは上編、男子強壮法と下編、婦女強壮法から、いくつか紹介しよう。

男子強壮法

色欲妨碍強壮――色欲之害人、甚于毒蛇猛虎、何則？　蓋毒蛇猛虎、人人知其害而遠避之、故被蛇咬虎噬者鮮；色欲人人不知其害、而親近之、故好色縦欲者多。不知精液為人身至宝、苟荒淫無度、旦旦而伐之、必至精髄空虚、元陽告竭、于是陰虧成癆、而寿命促矣。世人因好色而喪身者、幾不勝屈指計。所以欲謀強壮、当以節欲為先、首宜戒除宿娼、以免伝染梅毒；次則夫婦間床第之欲、亦宜有限制、盛年時七日一度、尚属無妨；但酷熱厳寒之夕、酒酔遠行以後、病痊盛怒之余、俱不宜交合。若能遵守此限、不独能使身体強壮、並可望多男多寿也

色欲は強壮を妨げる――色欲の害は毒蛇や猛虎より恐ろしい。なぜだろう。人は毒蛇や猛虎が害を与えることを知っていて、近寄らないから咬まれたり襲われたりする者は少ない。人は色欲の害を知らず、慣れ親しんで近くまで寄っていくから、色を好み、欲に身を委ねている者が多い。精液は体の宝だということを知らず、荒淫にふけり、毎日精液を消耗している。必ず精髄は虚になって元陽がなくなり、陰が不足して結核にかかり、寿命を縮める。世の中には色を好んで身を滅ぼす人は数えきれない。強壮になりたいなら、まず節制し、妓楼で一夜を明かさないことだ。そうすれば梅毒にかからない。また夫婦の夜の楽しみも制限し、壮年でも七日に一度なら防げにならない。しかし、酷暑や厳寒の夜とか、酒に酔って長歩きした後とか、また病気が治って抑えきれずに興奮したときとかは、交合してはならない。これらの制限を守れたら、体が強壮になるだけでなく、多くの男性が長生きできるだろう。

春薬妨碍強壮——春薬有助与壮陽之力、登徒好色之流、用之以助一時之欲興、往往受無究之遺害、致敗精阻塞尿道、而成白濁淋病者、所見不鮮。膝下無児者、万不可以春薬作種子金丹、服之不僅不能種子、反能阻碍睾丸制精機能、使人無後並且与体質亦有阻害、所以官庁懸為例禁、不准市上出售春薬、非無因也

春薬は強壮を妨げる——春薬に壮陽効果があると思いこみ、好色の輩は一時的に興奮を高めようとして春薬を使う。往々にしてとんでもない害が後に残り、精が衰えて尿道をふさぎ、淋病になることが少なくない。子どもがない者は、決して春薬を種子金丹にしてはならない。服用すると子どもが出来ないだけでなく、反対に睾丸の精を作る機能を阻害し、子孫が絶えてしまう。さらに体質にも悪影響を及ぼす。役所が禁令を公布して、春薬の売買を取り締まっているのはこのような理由があるからだ。

婦女強壮法

行房応注意之要点——行房以妊娠為目的、何以有成婚十数年、偏偏不能妊娠者？　蓋由于不知避忌故也。所以欲求得胎、当注意下列要点；一、行経時不能行房事、経将来時、亦宜謹避；二、中年時、約毎星期行房一次；三、行房時不可受寒、並不可飲涼水与食生冷；四、于経浄後四、五天行房、可期得胎生子；五、如有子宮病及赤眼、爛足、喉痛、喉痧等症、千万不可行房、喉症関係性命、最宜注意。赤眼時行房、雖無性命之憂、却能変成盲目；爛足時行房、則愈爛甚、歴久不愈

房事で注意すべき点——房事は妊娠を目的にしている。ところが結婚して十数年にもなるの

に、妊娠できない者がいる。なぜだろう。おそらく避けることを知らないからだ。子どもがほしいなら、次の点を注意したらいい。一、月経時には房事を行ってはならない。起こりそうなときも、用心して避けたほうがいい。二、中年になったら、房事はだいたい一週間に一回にする。三、寒い所ではしない。また冷たい水を飲んだり、冷たい生ものを食べたりして行ってはならない。四、月経が終わり四、五日して行う。この時期に胎児が出来る。五、子宮病、及び赤眼（充血した目）、ただれ足、喉の痛み、ジフテリアなどの症状があるときは、決して房事を行ってはならない。喉の症状は生命に関係するから、細心の注意が必要だ。赤眼のとき行うと生命にかかわる心配はないけれど、目が見えなくなる可能性がある。ただれ足のとき房事を行うと、ただれがいっそうひどくなり、いつまでも治らない。

『男女房中秘密医術』

男女生殖器の疾病と治療法、子供をつくる法、不妊症の治療法、さらに性に関するあらゆる病気が取り上げられている。医者にかかるのが恥ずかしい人に、読んで治せるよう薬の処方も懇切ていねいに解説されている。

冒頭に男女愛情秘密之研究、愛情秘学、秘密之医術序という三項目の前書きがあり、末尾に中華民国六年夏建丁巳年正月川南怡養老人序と記されている。さらにもう一つ、短い序があり、末尾に五洲環游客謹跋と記されている。

愛情秘学でこう教えている。

男女愛情、本由心苗而発、随其境遇各有不同。本書則専就人之地位而言其増進愛情之方法。例如、老男与少婦、貪夫与富婦、醜夫与美妻、其間品性不同、愛憎互異、即情之所感有所増損、欲求増其愛情、自応別有方法。其他如、夫多姫妾、婦有外遇、均有対待之方、以増進其愛情。故一読此書、自能家庭雍睦、男女和諧、命為愛情秘学、誰曰不宜？

男女の愛情は心から生じるものだ。しかし、境遇によって違いがある。この本では各人の立場に基づき、愛情を深める方法を説いている。例えば、年を取った夫と若い妻、金目当ての夫と財産のある妻、ぶさいくな夫と美しい妻となると、二人の品性は同じでなく、愛と憎しみは互いに異なる。情け深い人もおれば冷たい人もいるから、愛情を深めたいなら、相手に合った対策を講じないとだめだ。また多くの妾を持っている夫やほかに男がいる婦人がいる。この場合も同じように愛情を深める対策がある。この本を一読したら、家庭は波風が立たず、仲睦まじくなるから、愛情秘学と名づけた。意義を唱えるかたはおられないだろう。

上巻

男女交合精脱気絶——男女交合之際、楽極精脱而死者、切不可驚走下床。男脱者、則女以口哺送其熱気；女脱者、則男以口哺送其熱気。一連数十口呵之、則必悠悠然陽気重回矣。当此頃刻之間、生死交関、不但不可驚惧下床、且男女両陰倶不可扯脱、仍宜両相緊抱、下部交合、則気未脱絶、尚可救治。在死者不知相抱、全頼生者抱之、以口哺送気、送至気回而後止。此時送気之法、先須閉口、提丹田之気上来、尽力哺于口中、送下喉去、可以救垂絶于俄頃。此法男女皆宜知之也。迨陽気既回之後、再以人参附子湯灌之。若貧者不能得参、急用黄芪四両、当帰二両、附子五銭、煎服亦有得生者。又男子精脱気絶者、用人抱起座之、以人之口気呵其口、又恐不能入喉、急以筆管通両頭、入病人喉内、使壮盛女子呵之、不必皆妻妾也。此以人治人之法、雖死亦有得生者

　交合中に精が脱けて気絶したとき——交合の最中に快楽が極まって精が脱け、気絶することがある。驚き寝台から決して出てはならない。男がそうなったら、女が口で熱い息を吹き込む。女なら、男が同じようにする。続けて数十回繰り返すと、徐々に陽気が戻ってくる。このわずかの間が生死の境目だから、びっくりして寝台から出たりせず、そのまま抜かずに抱き締めて口を押しつけたら、気は抜けてしまわず、まだ救う余地がある。気絶したほうは、すべて相手次第ということになるのだ。抱いて口を押し当てて気を送り込み、意識が戻るまで続ける。気を送る法は、まず口を閉じて丹田から気を引き上げ、力をこめて喉へ吹き込むと、意識はすぐに戻ってくる。男も女もこの方法を知っておくとよい。陽気が戻ったら、今度は人参附子湯を喉に注ぐ。貧しくて人参を買えなかったら、黄芪《きばなおうぎ》四両、当帰《とうき》二両、附子《ぶし》五銭を急いで煎じ、飲ませても大丈夫だ。また男が精脱で気絶した場合、抱き起こして座らせ、口で気をはあっと吹き込む。喉でつかえて入らないときは、急いで筆の先を取り、空気が通るようにして喉に入れ、元気のいい女に息を吹き込ませる。妻や妾がやってはならない。これはだれにでも出来る応救法で、たとえ死にかけていても命を取り戻せる。

男子陽物諸病・陽痿——陽物軟而不挙者是也。方用：高麗参党参亦可、熟地、枸杞各五銭、沙苑蒺藜、淫羊藿、母丁香各三銭、遠志去心、沈香各一銭、茘枝肉七個。上薬浸上好焼酒二斤、三日後、蒸三炷香久、取起、浸冷水中、抜出火気、過三星期飲之。此方名千口一杯飲。一杯作二三百口、緩緩飲之、能生精養血、益気安神、功効甚多。又方、麻雀肉、冬月煮食、功能起陽生子。或用麻雀蛋煮食更佳

男子陽物諸病・陽痿《インポ》——陽物がぐにゃぐにゃで立たないことをいう。処方と用法。高麗人参《こうらいにんじん》［党参《とうじん》でもいい］・熟地《じゆくじ》・枸杞《くこ》［各五銭］、沙苑蒺藜《しやえんはまびし》・淫羊藿《いかりそう》・母丁香《ぼていこう》［各三銭］、遠志《おんじ》［芯を取る］・沈香《じんこう》［各一銭］、茘枝《れいし》の果肉七個。これらを焼酒二斤に三日浸け込み、線香三本で長時間いぶす。取り出して冷水に浸し、熱気を取り除く。三週間たったら飲む。この処方は千口一杯飲と名づけられている。一杯を二、三百回、口をつけてちびちび飲むと精がつき、血が養われ気が増加して神《しん》が安定する。効果覿面だ。もう一つの処方、冬、雀の肉を煮て食べると陽物は元気になり、子どもができる効能がある。雀の卵だといっそう効果が現れる。

このほか「陽物易挙」「陽物挙易泄」など諸病が取り上げられ、処方が付いている。下巻では「婦女下部雑治総論」など、女性の諸病が詳細に解説されている。実用的な医学宝典だ。

撰者は怡養老人、民国六年（一九一七）広雅書局の刊本が残っている。怡養老人については、どんな人物か不詳。

延辺大学出版社『中華性文化名著』（一九九五）と広東人民出版社『中華性学観止』（一九九七）に、

広雅書局刊本『男女房中秘密医術』が排印にして収められている。

『男女特効良方』

いざというとき必要な特効薬の処方を集めた実用家庭医薬宝典だ。民国二三年(一九三四)、北平で刊行された鉛印本が残っている。編集者の名前は出ていない。民国の時代、北京は北平と呼ばれていた。

男女の体のさまざまな症状を六つに分類し、治療法に特効薬の処方がつけてある。特効薬は一種類でないものもあり、その数は全部で三六〇余りになっている。

内容は多岐にわたり、陽物を強くして子どもをつくる法、性病の治療法、そしてけがの中には狂犬や毒蛇に咬まれたときの治療法、さらにまた河に身投げをしたり、首を吊ったりした自殺者を救う法もでている。

一 顔と口や鼻の治療

黒い顔を白くする法。顔のほくろを治す法。顔のそばかすを治す法。女の顔のにきびを治す法。口が臭いのを治す法、鼻の頭の赤いのを治す法など一八項目と特効薬の処方。

二 ひげと頭髪の治療

はげを治す法。抜け毛を止める法。白髪を黒くする法。赤毛を黒くする法。眉毛が抜けるのを治す法など一三項目と特効薬の処方。

三　男女の生殖器の治療

急に立たなくなる陽物を治す法。陰萎《インポ》で子どもができないのを治す法。膣が狭くて痛いのを治す法。陰部の冷え症を治す法。子宮の冷え症を治す法など六五項目と特効薬の処方。

四　かいせんなど皮膚病とわきがの治療

なまずを治す法。たむしを治す法。わきがを治す法など八項目と特効薬の処方。

五　自殺者の救助

溺れて死にそうな人を助ける法。首を吊って死にそうな人を助ける法。酒をばか飲みして死にそうになった人を助ける法など一〇項目と特効薬の処方。

六　けがをしたときの救急治療

刀や矢の傷を治す法。凍死しそうになっている人を治す法。熱湯でやけどしたときの治療法。狂犬に咬まれたときの治療法。蛇がのどに入ったときの処置法。ゲジゲジが肛門から腹へ入ったときの処置法。魚の骨がのどに刺さったときの処置法など二七項目と特効薬の処方。

一　顔面口鼻類

治面上黒子斑法（二方）――面貌雖美、惟有許多黒子斑点、恒嘆美中不足。毎夜以暖漿水洗面、再用毛巾将面擦紅、然後用白檀香磨汁敷面上。久之、黒斑尽去、瑩潔可愛

顔のほくろを治す法［処方二つ］――顔がきれいでも、ほくろがたくさんあったら、かわい

そうに玉にきずだ。毎晩、温かい漿水で顔を洗い、タオルで赤くなるまでこする。それから白檀香のおろし汁を顔に塗る。長く続けているとほくろは全部消え、つるっとしてかわいくなる。

(1)漿水製法：将粟米炒熱、投冷水中、経六七天、味変生白花、顔色似漿。如浸腐臭、則不可用矣

漿水の作り方。とうもろこしを炒って熱いまま水の中にほうり込む。六、七日するとにおいが変わり、白い花が生じ、糊のような色になる。そのままにしておき、腐った臭いがしてきたら使ったらだめだ。

(2)用蔓菁子、研極細末、与面脂調匀、毎夜塗面上、不但能去黒痣、又可舒皺紋也

かぶらをすって細かくし、直接塗って顔の脂とよく混ぜ合わせる。毎晩、こうして塗っているとほくろが消えるだけでなく、しわも治る。

三　男女生殖器類

治陽痿不起不能種子法（六方）

陽物が立たなくなり、子供ができないのを治す法［処方六つ］――

(3)用蛇床子、菟絲子、五味子各等分、研細末、蜜丸如桐子大、毎温酒服三十丸、日三服

蛇床子、菟絲子、五味子を同量すって細かい粉にする。蜜で桐の実大に丸め、三〇粒を温めた酒で日に三回のむ。

(4)用新五味子一斤、研細、酒服一羹匙、日三次、服完一剤、即覚得力、服百日特効。四時常服、功効無窮。忌猪魚肉及蒜醋等

新鮮な五味子を一斤、すって細かくし、ちりれんげ一匙を酒でのむ。日に三回のみ終わると元気が出てくる。百日のむと効果は抜群だ。四季を通じて常用すると、さらに効果が現れる。豚、魚、その他の肉、またにんにく、酢などを食べてはいけない。

(6)将蜂房焼灰敷玉茎上、即発熱脹起、経久不倦、強陽種子、功効甚大。按：蜂房、即樹木間大黄蜂巣也

蜂の巣を焼き、灰にして陰茎に塗る。熱くなって勃起する。いつまでも萎えない。陽が強くなり、子供ができる。効果は絶大だ。

〈注〉蜂の巣。樹の枝にある大姫足長蜂の巣。(1)(2)(5)は省略。

女人嫁痛治法（六方）

女の嫁痛を治す法［処方六つ］――

(1)凡女子初次与男子交媾、陰戸腫痛、是謂嫁痛、蓋以因嫁而受痛也。急以青布包炒熱之食塩熨之、即好

女は初めて男と性交をすると陰戸が腫れて痛む。これを嫁痛という。結婚して痛くなるからだ。急いで食塩を炒めて熱くし、黒い布で包んで陰戸をなで、押さえるとよくなる。

〈注〉(2)〜(6)は省略。

治婦人陰冷法（三方）

婦人の陰冷を治す法［処方三つ］――

(1)用五倍子四両、為細末、以口中玉泉和之為丸、如兎矢大、頻人陰戸内、効

五倍子を四両、細かい粉にして口に入れ、唾で兎矢大に丸めて何度も陰戸に入れると効果がある。

⑵婦人因陰冷、多年不能生子、用呉茱萸、川椒各一斤、為末、蜜丸弾子大、綿包納陰戸中、日換二三次、子宮開、即有子也

陰部が冷たいと、なかなか子供ができない。呉茱萸と川椒を各一斤粉にし、蜜で鉄砲弾大に丸め、綿に包んで陰戸に入れ、一日に二、三度換える。子宮が開き、子供ができる。

〈注〉⑶は省略。

『秘戯図考』『中国古代房内考』

オランダ人の外交官で文学者、漢文にも精通していたロベルト・ハンス・ファン・フーリック（中国名、高羅佩。一九一〇―六七）が、京都の骨董店で明代の春宮画（秘戯図・春画）の板木を見つけた。自費出版しようと思い、冒頭に春宮画に関する歴史的な解説をつけることにした。まとめているうちに膨大なものになってしまう。しかたがないので、三冊に分けたのが『秘戯図考』（A4判）ほか二冊である。

第一巻『秘戯図考』――漢から明代末（前二〇六―一六四四）までの性文献の歴史と明代を主にした

春宮画の歴史。英文、但し引用文献と自序は中文。春宮画が二〇枚、房中術に関する挿絵が四枚。英文の自序の後に中文の自序があり、末尾に「西暦一九五一年孟夏　荷蘭高羅佩書於吟月盦」と記されている。

第二巻『秘書十種』――巻上（漢至唐）一『洞玄子』。二『医心方』第廿八房内。三『千金要方』第八十三巻房中補益。唐、孫思邈撰、宋林億校。四『天地陰陽交歓大楽賦』唐、白行簡撰。巻中（明代）五『某氏家訓』（残葉）。六『純陽演正孚祐帝君既済真経』門人紫金光耀大仙鄧希賢箋註。六『紫金光耀大仙修真演義』。七『素女妙論』洪都、全天真校。巻下（明末春冊題辞）九『風流絶暢図』。十『花営錦陣』。

附録、乾（旧籍選録）『前漢書』巻三十、芸文志一条。『同声歌』漢、張衡。『抱朴子』内篇巻六（二条）。『徐孝穆集』巻七答周処士書。『広弘明集』笑道論。「鴛鴦秘譜」題辞三則。『敝帚斎余談』沈徳符「春画」記。『簷曝雑記』巻三、趙翼「砕蛇緬鈴」。坤（説部撮抄）『繡榻野史』『株林野史』『昭陽趣史』『肉蒲団』。

第三巻『花営錦陣』――京都の骨董店で見つけて購入した版木で刷った木版本。春宮画の全盛期、明代末期の傑作、二四幅。作者は不詳。艶っぽい詞（小唄）が一幅に一曲ついていて、その詞牌子（唄の題）が絵の題名にもなっている。

『秘戯図考』（三巻の総称）は自筆を影印した私家本として東京で五〇部出版され、ドイツ、フランス、イギリス、アメリカ、オランダ、イタリア、ベルギー、インドなどの大学、図書館、博物館、その他の研究機関に贈呈された。

高羅佩は幼い頃から中国語と梵語を学び、オランダのライデン大学では法律と政治のほかに、中国と日本の文学を専攻している。一九三五年、二五歳で外交官になり、オランダ駐日大使館員として赴任。その後は中国、マレーシアなど主にアジアで外交活動を続け、日本には三度派遣された。中国では重慶と南京の大使館に勤務し、最後は駐日大使に昇進した。

高羅佩は『秘戯図考』を出してから一〇年後の一九六一年、オランダ、ライデンで『中国古代房内考』(英文)を出版した。この本は李零、郭暁恵等により中文に訳され、一九九〇年に上海人民出版社から、また一九九六年、台湾で呉岳添が訳した『中国艶情——中国古代的性与社会』が風雲時代出版社から刊行されている。

高羅佩は一九六〇年夏、クアラルンプールで書いた序文で『秘戯図考』を出した頃の心境を振り返り、こう述べている。

験以上述材料、使我確信、外界認為古代中国人性習俗堕落反常的流俗之見是完全錯誤的

欧米では古代中国の性風俗は退廃的で下品だと考えられていた。集めた文献を検討して、これは誤りだと確信した。

這些書在両千年前就已存在、並且直到十三世紀前後仍被広泛伝習。此後儒家禁欲主義遂漸限制這類文献的流伝。到公元一六四四年清建立後、這種受政治和感情因素影響而変本加厲的禁欲主義、終于導致出上述対性問題的諱莫如深。従那以後、這種諱莫如深一直困擾着中国人

これらの性の経典はすでに二千年前からあり、一三世紀の頃までに広く伝承されてきた。その後、新しく起こった儒家の禁欲主義思想の影響で、これらの経典はだんだん影を潜めてしまっ

た。一六四四年、清王朝が成立すると、この禁欲主義思想は政治と道徳などの要因の影響で、さらに徹底したものになり、前にも触れたように性の問題は包み隠されるようになってしまう。その後、中国人はこの秘密主義にずっと悩まされるようになるのだ。

——還必須糾正外界対中国古代性生活的誤解

古代中国の性生活に関する欧米人の誤解を正す必要があった。

こうして『花営錦陣』の序文はふくれあがり『秘戯図考』になったのだ。

『中国古代房内考』は『秘戯図考』の姉妹編だといわれている。しかし、春宮画の話は第一〇章、明でわずかに触れられているだけだ。社会史、文化人類史の観点から中国の性の歴史を、西周以前、西周、東周、秦から明の時代にわたるまでとらえ、新たに研究した学術書である。『秘戯図考』での見解を訂正したところもあり、道教の房中術に対する評価も正当なものになっている。

特に注目に値するのは、最後に補足されているインド、チベット、日本との房中術の面での関連を述べた部分だ。インドのタントラヨーガ、チベットへ伝わった密教、そして日本で邪教だと見なされてきた立川流と道教との関係を取り上げている。中国は勿論のこと、日本、インドの文化に造詣が深かった高羅佩だったからこそ、このような視野の広い研究ができたのだ。

尚『中国古代房内考』は松平いを子訳『古代中国の性生活——先史から明代まで』（せりか書房、一九八八年）がある。

『古代採補術捜奇』『媚薬雑談』

唯性史観斎主（曠世巨）が、香港『新生晩報』に連載した話を、宇宙出版社（香港活道一四号六楼）がまとめて出版した本（B6判）だ。

表紙の右三分の二は絵になり、左三分の一に著者名と題名が入っている。灰色の地に紫色で描かれた図柄で、装丁はどちらも同じだ。

中国服の美女が立派な部屋の長椅子に腰掛けている。高く結った髪を束ね、胸に垂らして右手で握り、左手に扇を持って斜め上に向けている。物思いにふけった表情だ。

『古代採補術捜奇』（一九六四年四月初版、一一月再版。三元）は相手の精気を採って若返り、長生きする房中養生術、採陰補陽・採陽補陰の心得と技巧をまとめた本だ。歴史に基づき、細詳かつ学術的に述べられている。

唯性史観斎主については「性学権威、中国金賽《キンゼイ》博士」と謳われているだけで、経歴については触れられていない。生没年も不詳。

〈金賽博士〉アメリカの動物学者キンゼイ（A.C.Kinsey）。全米の男女を対象にして性行為に関する調査を行い、一九四八年に男性編、一九五三年に女性編『キンゼイ・レポート』を発表した。

目次にはこんな言葉が並んでいる。
「採補之術」「房中術」「生往死還」「養性交接之術」「還精於脳、不洩不瀉」「内交合気之術」「你死而我活論」「煉気展亀之法」「弱進強出」「酥胸汗貼細腰春鎖」「床上音楽家」「神和気感」「六字延生訣」「如水逆流上」「閉息順気之法」「五字回陽捷要」など全部で九〇項目になる。

採補之術――要根溯採補的来源、似乎也可以上尋到春秋時代、甚至更遠一点至於周朝、例如「易経」中所謂「枯楊生稊、枯楊生華」、義謂「老夫得其少妻、或老婦得其士夫」、這種老陽少陰老陰少陽的倒錯交合、原也就是採補的「基本精神」。又如春秋時代的夏姫、史伝謂其「鶏皮三少」、三復青春、也有人相信他是憑藉「老陰取少陽」的採補術而有以使然。不過、這些総還祇是止於伝説、真正見於文献記載的、則是正漢朝。当東漢時代、道家已経勃興、那些吃道教飯的人、為了増加他們的神秘性、以及適合統治階級的心理、便倡言他們有神術能够致人於長生、而長生之道、除了服薬之外、又可似藉「房中」之術（或称陰道）以達致

採補の来源をさぐろうとしたら、春秋時代さらにそれ以前の周朝にまで溯らなければならないだろう。例えば『易経』は枯楊生稊、枯楊生華［枯れ楊に芽が出、枯れ楊に花が咲く］といっている。これは老人が若い妻をもらい、老婦人が若い男と一緒になるという意味だ。このような老陽少陰、老陰少陽の不自然な交合が、元をただせば採補の基本的な考えになっている。例えば春秋時代の夏姫《かき》は、史書によると「鶏皮三少」皺がなくなって三度若返ったと伝えられている。これも老陰取少陽の採補術を使ったからだと信じている人がいる。しかし、これは単なる伝説にすぎず、文献に採補術が正確に記載されるようになるのは、漢の時代になってからだ。

後漢の時代、道家はすでに隆盛になり、道教を生きる道にしている人は自分たちの神秘性を高めて支配階級の心理に適合させるため、長生きできる神術があり、長生きの法は薬を服用するほかに房中術［陰道ともいう］でも可能だと提唱した。

『媚薬雑談』（一九六五年三月再版。五元）は媚薬の百科宝典だ。目次を見てみよう。

「媚薬」「服薬之理」「補薬」「房中之薬」「禿鶏散」「蛤蚧与獺蝦蟆」「五石散考」「奇薬種種」「白色獣類」「西班牙蒼蠅」「仙薬即房薬」「房中七宝」「淫泉之説」「合歓散」など一五二項目。

媚薬——媚薬、一般来説、就是欲的助長物、其含意也許是因為服食或塗用之後、能够暫時増加一個人的「活力」春情、足以取快於対方或強壮自己、凡不択手段而取悦他人者、称之曰「媚」、（詩経所謂「媚茲一人」者是、但這東西却是足以「媚茲多人」的、一笑。）故是此作用者乃称媚薬、又因為他能够使「春意盎然」、因此俗称「春薬」、或曰「助陽剤」。（見「輟耕録」：「姑蘇鄭君輔、狎遊群娼佻撻太甚、或有進薬於鄭曰、此助陽奇剤也。鄭試服之、数日後、陰気消縮、若閹宦然。」還有所謂「助情花」者、則属於媚薬的一種）

媚薬は一般的にいえば、欲を助長する物だ。と言うことは、服用または塗布すると情欲を高めて持続させることができるから、相手を楽しませることも、自分を強壮にすることも十分可能になるという意味が含まれている。手段を選ばず、相手にへつらうことを「媚」というのだ。『詩経』で媚茲一人［これで一人に媚びる］といっているのはこのことだ。しかし、おもしろいことに媚茲多人［多くの人に媚びる］ことが可能である。それでこの効果がある物を媚薬というのだ。さらにまた、春情を盛んにさせるので、一般に春薬、あるいは助陽剤とも呼ばれている。『輟耕録《てっこうろく》』にこんな話がある。江蘇省呉県の鄭君輔は軽薄な男で、妓楼で遊びほうけていた。ある者が薬を渡して言った。「これは陽を助ける珍しい薬だ」鄭はためしに飲んでみた。数日後、陰の気はなくなり、宦官のようになってしまった。また助情花といわれているのは媚薬の一種だといっている。

〈『輟耕録』〉元末・明初、陶宗儀の作。三〇巻。内容は元代の史実・風俗・小説・戯曲など多岐にわたる筆記集。

なお、唯性史観斎主には以上二冊のほかに『歴代名女人性生活』全三巻、『中国性芸術』全一巻、『歴史性文献』全三巻、『中国同性恋秘史』全二巻がある。出版はみな同じ所、香港の宇宙出版社だ。しかし、最後の二冊は出版されたかどうか未詳。

『性的知識』

若い男女を対象にした性教育の書。一九五六年、人民衛生出版社（北京）が第一版を出す。翌年に増刷されている。しかし、その後、文化大革命の混乱で出版は途絶えた。

毛沢東の死後、江青ら四人組が逮捕されて、一九七七年、文化大革命は終了した。一九八〇年、第二版が同じ出版社から刊行された。手元にあるのは、その時の四度目の増刷本だ。人気のあった本だったことが分かる。定価は〇・一九元。

著者は、王文彬、趙志一、譚銘勲、三人の連名になっている。

表紙は薄い紫、図案化した梅の木と花が濃い紫で中央に描かれ、その上に小さな字で著者名（濃い紫）と大きな字で題名（白）が書いてある。さらに全体を白い枠で囲い、左下外側に出版社名（白）が入っている。字はすべて横並びで、B6判、紙の質の悪い七四頁の小冊子だ。

中表紙の裏に目録がある。次に出版説明（末尾に人民衛生出版社編輯部、一九八〇年六月と記入）、作者附言（末尾に作者、一九八〇年六月と記入）。再販序（末尾に王文彬、趙志一、譚銘勲、一九五七年三月、北京中国協和医学院にてと記入）、そして出版者的話（末尾に人民衛生出版社、一九五六年三月と記入）が出ている。

それでは内容を見てみよう。

応該正確地対待性的問題
男性生殖系統的構造和生理
一　男性生殖系統構造　二　男性性腺的生理　三　性的興奮、勃起和射精
女性生殖系統的構造和生理
一　女性生殖系統的構造　二　女性生殖系統的生理
性成熟、愛情、婚姻与家庭
青春期的性衛生
一　月経是怎麼一回事　二　乳房的発育　三　為甚麼会遺精　四　手淫有那些不良影響

婚後的性生活和性生活衛生
一　新婚之夜　二　性生活和諧的問題　三　婚後性生活衛生　四　性器官衛生
男性的性功能疾患
一　早泄　二　陽萎　三　射精困難
女性的性功能疾患
一　性交不適和性交疼痛　二　陰道痙攣　三　性欲欠乏和性感不足
不育
一　不育的原因　二　不育的治療
計劃生育
一　計劃生育的重要性　二　怎様做好計劃生育　三　避孕与絶育方法的選択

なお、この中には睾丸と精子、男性生殖器、女性生殖器外陰部分、受精などの挿絵が一五図入っている。

出版説明――粉砕『四人帮』後、不少読者来信要求重印此書。我們認為、性的問題是個科学問題、大家都応該正確対待它、特別是性成熟的未婚青年和已婚夫婦、要学習一点有関性的科学知識、目的是増進身心健康和生活美満、従而有利于工作和学習。為此、特請原作者王文彬、譚銘勲両位教授対我社一九五六年出版的《性的知識》旧版本進行了全面修訂、現予重新出版発行、以供参閲。我們希望広大読者能以科学的態度閲読這本小書、並対它可能存在的這様或那様的不足之処、提出宝貴的意見

四人組が追放されると、多くの読者から、この本をまた出してほしいという要望が届いた。私たちは性の問題は科学的なものだと考えている。性は正しく対処しないといけない。特に成人になり、まだ結婚していない若者、それからすでに結婚した夫婦は、身心を健康にして生活を充実させ、仕事と学習がよくできるようになるには、性に関する科学的な知識を身につけなければならない。そのために原作者の王文彬、譚銘勲両教授に特別にお願いして、当社が一九五六年に出版した『性の知識』を、全面的に改訂していただいた。そしてここに、新たな版を発行して、参考にしていただける運びとなった。多くの読者に科学的な態度で、この小冊子をご覧いただき、不充分なところがあったら、どんなことでもいいから忌憚のない意見を提供していただきたい。

新婚之夜——性行為開始、首先遇到的就是処女膜問題。一般婦女的処女膜比較薄弱、初次性交即発生破裂、同時伴有短暫軽微的疼痛和少量的出血。有時因為性興奮的縁故、女方丝毫不会感到有什麼痛苦。也有少数婦女的処女膜弾性較強、中間的孔隙也較寛、性交時、只是孔隙拡大並不撕裂……有些婦女因激烈的運動或其他原因、処女膜早已破裂、当然在新婚之夜就没有上述的破膜問題了

性行為が始まると、最初にぶつかるのは処女膜の問題だ。一般の女性の処女膜は比較的薄くて弱いから、一度挿入されると破れて軽い痛みがあり、少し血が出る。しかし、ときには興奮していて、なんの痛みも感じないことがある。また数は少ないが、処女膜の弾性が強く、膜にある孔が大きいと、挿入されても孔が広がるだけで破れないこともある……。激しい運動、あ

るいはその他の原因で、処女膜がすでに破れている場合は、当然のことだが、新婚の夜、前に話したような破瓜の問題は起こらない。

また、性交回数については、こう教えている。結婚して数カ月は、毎週一、二回、ということは三日から七日の間に一回がいい。年を取るにつれ、性欲はだんだん弱くなってくるから、一、二週間に一回がいい。

ただし、みな体質が異なるから、回数は年齢によってこうだと決められない。交わった翌日、どちらにも疲労が残っていないのを原則にしたらいい、といっている。

『新婚衛生必読』

新婚夫婦を対象にした性教育の書。

一九八〇年九月、第一版、第一次印刷本が北京の人民衛生出版社から刊行されている。専門家がそれぞれのテーマを受け持ち、書いている。中表紙、タイトルの下に「《新婚衛生必読》編写組　編」と記されている。

表紙、上四分の一は白、そこに横文字で題名。下四分の三はオレンジ色、そこに薄いオレンジ色で木の枝と二羽の小鳥がデザインされ、下に赤い横文字で出版社名が記されている。A5判、紙の質が悪い、七四頁の小冊子。定価は〇・二〇元だ。

最後の頁は広告になっていて、前回取り上げた『性的知識』と育児教育の本が五冊紹介されている。この『新婚衛生必読』は『性的知識』の姉妹編だったことが分かる。中表紙の次に目録、そして序、本文と続いている。目録はこうだ。

回答幾個問題の章では、次のような質問が一四項目あり、回答が付いている。

☆陽萎《インポ》とはどんなことか？　新婚後に起こる陽萎の原因は何か？　起こったらどうしたらいいか？

☆女性の性感異常とはどういうことか？　新婚後、何が原因で性感異常が起こるのか？　起こったら、どうする？

☆体外射精の避妊法とは？　新婚夫婦は用いてもいいか？

☆懐妊後、現れる兆候は？

また、生殖器官的構造与生理の章には、女性内生殖器側面図、男性生殖器官側面図、処女膜的形態など六図、懐孕和避孕的道理の章には、精子与卵子、受精与懐孕の二図、介紹幾種避孕方法の章には、避孕套検査法、外用避孕薬膏与注入器、避孕栓与外用避孕片的使用方法など七図、そして回答幾個問題の章の生男孩和生女孩的科学道理是什麼？の項には、正常男性染色体組型と生男生女的道理の二図、合計一七の挿絵が入っている。

一九八〇年七月に書かれた序で、栗秀真（国務院計画生育領導小組副組長、辦公室主任）はこういっている――新婚夫婦が新婚の衛生知識を学び、産児制限の方法を身につけるため、人民衛生出版社は『新婚衛生必読』を出版することにした。これは非常に有意義なことだ。結婚にともなう育児計画については、従来の考え方と習慣を捨てなければならない。この小冊子を世に問う任務はこのためだ。主な内容は三つに分けることができる。一、新婚の衛生知識をわかりやすく紹介する。二、産児制限の常識を説明し、新婚後使えるいくつかの避妊法を紹介する。三、新婚夫婦が提出した質問に回答する。回答の内容はわかりやすく説明してあるから役に立ち、一読に値する。

生殖器官的構造与生理――陰蒂：位于両側小陰唇之間的上方、組織結構和発生学上与男性陰茎海綿体相似、分頭、体、脚三個部分。陰蒂頭在体表外可以看到、大小可因人而異；陰蒂体包在皮膚裏面；陰蒂脚分別固定在両側恥骨的骨膜上。陰蒂頭有豊富的血管和神経末梢、感覚非常霊敏、每当性欲衝動時、陰蒂可充血而脹大、勃起、刺激它即易引起女子的性興奮

生殖器官の構造と生理――陰核は小陰唇が上部で一つになっているところにある。構造と発生学の点では、男性陰茎の海綿体と似ていて、頭と本体と根元の三つの部分から成り立っている。陰核の頭は本体の外に出ていて、見ることができる。大きさは、人によってまちまちだ。本体は皮膚に包まれている。根元は分かれて恥骨の骨膜の上に固定されている。頭には多くの血管と末梢神経が集まっているから、非常に敏感だ。性欲が起こると陰核は充血し、大きくなって勃起する。これを刺激すると、女性はすぐに興奮する。

懐孕和避孕的道理――避孕的原理。避孕、就是避免懐孕。避孕方法、是夫婦倆暫時不想生育而採用的一種不影響健康、不影響性生活的科学方法。這種方法所以能避孕、它的道理主要是：一、阻止精子産生。如口服男性避孕薬後、精子的産生受到抑制、但不影響体内分泌男性激素、仍可維持正常的性功能。二、抑制卵巣排卵。如口服女用短効或長効避孕薬、或注射避孕針剤、而抑制排卵功能。三、阻止精子与卵子相遇：（一）利用避孕工具、阻止精子進入陰道或子宮腔、例如男用避孕套、女用陰道隔膜

懐妊と避妊の道理――避妊の原理。避妊は懐妊を避けることだ。しばらく出産をやめようと考え、健康と性生活に影響しない、科学的な避妊方法を採用する。その方法で避妊が可能になる道理はこうだ。一、精子が生まれるのを阻止する。男性用の避妊薬を服用すると、精子の誕生は抑制される。しかし、分泌ホルモンへの影響はなく、正常な性機能を維持できる。二、卵

巣の排卵を抑制する。短期、または長期的な効果のある女性用避妊薬を服用する。或は避妊薬物を注射して排卵機能を抑制する。三、精子と卵子の相遇を阻止する。（一）男はコンドーム、女はペッサリーなど避妊具を使用して、精子が膣、或は子宮腔に入るのを防ぐ。

『新婚衛生必読』は、一人っ子政策を世間に広めるために出版された教科書だ。二〇〇六年に改訂第三版が出ている。

『性在古代中国』

中国古代の道教の房中術を性科学の観点からとらえて儒家の礼教と対比させ、その後の社会にどのような影響を及ぼしているか探究した書。題には「対一種交化現象探索」という副題がついている。

著者の江暁原は序文でこういっている――中国古代では、性は重視され、下品なものだとも、神秘的なものだとも思われていなかった。この点では、宋代以前、性科学が発展する条件がそろっていたといえる。宋代以降、性は徐々に下品な、そして神秘的なものに変わり、悪循環が生じるようになる。下品だから口にされなくなり、いっそう神秘的なものになった。それで知っている者も少なくなり、寝床の中だけのことにされてしまい、さらに下品なものだと見なされるようになったのだ。第三、第四章は、中国古代での性科学の発展と完成に重点をおいている。重要な性科学史だといえる。第一、

第二、第五章は、この観点にとらわれず、中国伝統文化の中に於ける性の地位と影響について探究を試みた。

第三章の三「房中術の主旨は長生追求である」に、こう書かれている。天津の古物保存所に保管されている戦国時代後期の四角筒形の玉器に、こんな銘が刻まれている。

〝行気、呑則搐、搐則伸。伸則下、下則定。定則固、固則萌。萌則長、長則復。復則天。天基本在上、地基本在下。順則生、逆則死〟行気是指吐納之道、則気功、是与房中、導引、薬餌並列的一種方術。不過、房中術確実与行気有関。上述玉器銘文可能実際上表明了這両種方術是結合一起同時修習的

「行気の法。気を吸い込み、ぐっと引きつけて止める。下へ伸び、動かなくなって固まる。そこから芽が出て長くなり、また本の天へ戻る。天はもともと上、地は下にある。この流れに沿った行気は生、逆だと死につながる」行気は吐納《とのう》之道、即ち気功のことで、房中、導引、薬《やく》餌《じ》と同じ一種の方術である。しかし、房中術は間違いなく行気と関係がある。前の玉器の銘文は、実をいうとこの二つの方術を一つにして、同時に習得することを表している。

〈行気〉気の流れに沿った呼吸法。〈吐納〉汚れた気を口から吐き出し、新しい気を鼻から吸い込む呼吸法。〈導引〉意念（心の目）で気を導きながら、経絡の流れをよくする柔軟体操。〈薬餌〉薬になる食べ物。〈方術〉仙術を使う方士が行う不老不死などの術。

道教は気の思想だ。宇宙の万物は気でできていると考えられている。宇宙の気の流れが生命の源であり、この流れを道という。仏教と違い、道教には死後の世界はない。気でできた体はなくなって気

に戻るだけだ。与えられた体を大切にし、不老長生を目指す。そのために吐納の道と房中術があるのだ。

宋代になり、儒家の倫理道徳を基盤にした禁欲主義、情を理に置き換えた理学が生まれる。性は下品なものだと見なされ、隠されてしまう。この風潮は明、清の時代も変わらず、礼教の厳しいおきてが理学に取って代わる。礼教の基盤は夫婦であり、それ以外の男女関係は、すべて猥褻だと決めつけたのだ。

江暁原が指摘しているように、道教の房中術を邪道の性技巧だと思い込み、性を下品で神秘的なものにする悪循環が生じるようになるのだ。

著者の江暁原は一九五五年生まれ。経歴は中国科学院自然科学史研究所卒業、理学修士。「中国古代対太陽位置的測定和推算」「論天文学史上的水晶球体系」「中国十世紀前的性科学初探」などの論文がある。

『性在古代中国』は一九八八年に陝西科学技術出版社（西安）から出版されている。一六七頁、新書版と同じくらいの小冊子だ。

目録を見ておこう。

第一章　性在古代備受重視

一　性——生殖崇拝与高禖之祀

二　崇尚多子、崇拝祖先和陰陽天人感応観

193　『性在古代中国』

『中国古代房事養生学』

一九七三から七四年にかけて、湖南省長沙市郊外の馬王堆三号漢墓から、古代の珍しい房中養生術の竹簡（竹片に文字をしたため、ひもでつないだ巻物）が発掘された。それを契機にして、周一謀がまとめた中国房中養生学の歴史が本書だ。

周一謀は前書き（末尾に「一九八八年三月二十五日于長沙」と記入）で、こういっている。

第一部では、中国古代の房中養生学を八つのテーマに分けてある。最初の五つは先秦から明、清の時代にわたる代表的な房中養生書、例えば馬王堆出土の『合陰陽』、『千金要方（房中補益）』、そして『医心方』に引用されている『玉房秘訣』『玉房指要』『素女経』『玄女経』などの紹介。さらに『三元延寿参賛書（欲不可絶・欲不可縦）』、『景岳全書（十機）』などの解説。後半の三つは晩婚、優生、歴代の人口問題、そして「七損八益」などの論考である。

〈十機〉陰陽を一つにして子どもを作る十種の法。〈七損〉無理をして交わり、生じた七つの障害を、また交わり女の精気を採って治す法。〈八益〉体にプラスになる八つの性交法。

第二部では、馬王堆出土の竹簡『十問』『合陰陽』『天下至道談』を分かりやすく訳し、註を付けて中学校以上の学力があれば読めるようにした。結婚している人は言うに及ばず、これからいっしょになる若い男女にも役に立つ内容だ。

古人提唱晩婚、反対早婚——古人是主張晩婚的、認為男女双方要等到完全発育成熟才能結婚。馬王堆漢墓竹簡《十問》指出：〝竣（朘）気不成、不能繁生。〟認為性器官発育不成熟、性機能不健全、就不能繁衍後代。《黄帝内経素問・上古天真論》説、女子二七天癸至、月事以時下、男子二八天癸至、精気溢瀉。如果此時〝陰陽和〟（即陰陽交合）則可能〝有子〟、但此時男女発育並未成熟、尚未進入合適的婚齢期。因為女子要等到三七即二十一歳、始能〝腎気平均、故真牙生而長極〟；男子要等到三八即二十四歳、才能〝腎気平均、筋骨勁強、故真牙生而長極。〟所謂腎気平均、就是指性器官和性功能已全面均衡地得到了発展、即性器官完全成熟、性功能已很健全。所謂真牙、也叫巔牙、俗呼〝尽頭牙〟、自従北斉医学家徐之才把它命名為智牙（説此牙生則聡明才智）之後、人們就逐漸都称之為智歯了（昔の人は晩婚を提唱して早婚には反対——昔の人が晩婚を主張しているのは、男女双方が完全に発育し、成熟してから結婚すべきだと考えていたからだ。馬王堆漢墓の竹簡『十問』は、男の性殖器の気が未熟なら、子どもはできないと指摘している。性器官が完全に発育していなかったら、性機能は不健全で、子孫を繁栄させることはできないと考えていたのだ。『黄帝内経素問・上古天真論』はこういっている。女は一四歳で天癸《てんき》［生殖機能を促進する物質］がきて、月経が始まる。男は一六歳で天癸がきて、精気はあふれて飛び出すようになる。もしもこのとき、陰陽が和［一つになる］したら、子どもができる可能性がある。しかし、この年では男女はまだ完全に発育していなくて、結婚適齢期に達していない。女は三七、すなわち二一歳まで待つと、腎気がやっと平均するから、真牙［親知らず］が生えそろうのだ。男は三八、すなわち二四歳まで待つと、腎気が平均して筋骨がたくましくなるから、真牙が生えそろうのだ。腎気が平均するというのは、性器官と性機能がうまく釣り合うところまで成長する、すなわち性器官は完全に成熟し、性機能も健全に働くようになることだ。真牙は龥牙ともいわれ、俗称は「尽頭牙［最後に生える歯］」という。北斉の医者、徐之才が真牙を智牙［この歯が生えると才智が備わる］と名付けたから、しだいに「智歯」と呼ぶようになった。

一九八九年、中外文化出版公司（遼寧省、瀋陽市）から出版されている。著者は湖南省出身、中医養生文献研究の第一人者だ。

目録はこうなっている。

第一部　中国古代的房中養生学

一　古人対待房室生活的態度

二　先秦両漢時期的房中著作

1馬王堆医書中的房中養生著作

2《黄帝内経》論生殖与節欲

3《漢書・芸文志》所録諸家房中著作

三　両晋南北朝及隋唐時期的房中著作

1葛洪対房中医学的両大貢献

2《隋書》及《唐書》所録諸家房中著作

『中国性研究』

著者、李敖は「自序」でこういっている――『中国性研究』には全部で五〇篇の話がまとめてある。学術的、また同時に通俗的でもある書だ。すべて中国人の生殖器官、男女の肉体と心に関する論述である。

三　仏教中的性交文字より

密教経典『仏説秘密相経』にこんな一節がある

——爾時世尊大毘盧遮那如来、鑽金剛手菩薩摩訶薩言：善哉、善哉！金剛手、汝今当知彼金剛杵在蓮華上者、為欲利楽広大饒益、施作諸仏最勝事業。是故於彼清浄蓮花之中、而金剛杵住於其上、乃入彼中、発起金剛真実持誦、然後金剛乃彼蓮華二事相撃、成就二種清浄乳相。一謂金剛乳相、二謂蓮華乳相。於二相中出生一大菩薩妙善之相、復次出生一大菩薩猛悪之相。菩薩所現二種相者、但為調伏利益一切衆生、由此出一切賢聖、成就一切殊勝事業。——這裏所説「金剛杵」、就是硬鶏巴；所説「蓮華」「蓮花」就是女人陰部

その時、世尊大毘盧遮那如来は金剛手菩薩摩訶薩を称えて言った。「よいぞ！　よいぞ！　金剛手、汝は今、かの金剛杵《しょ》が蓮華の上にあるのは、大楽を満ち溢れさせて、仏たちの最も勝る事業《しごと》をしたいからだということが分かっただろう。この故に金剛杵をかの清浄蓮花にあてがい、中に入れ、金剛の真実を発揮して念仏を唱え、然る後に金剛とかの蓮華を相い撃《う》たしめると、赤子のように汚れのない二種の清浄乳相が成就する。一つを金剛乳相、もう一つを蓮華乳相という。この二つの相の中から、妙善の相の大菩薩と猛悪の相の大菩薩が生まれ出る。菩薩が現しているのはこの二種の相だが、一切の衆生を調伏し救うため、ここから聖賢が出現し、大切な事業を成就するのだ」——ここに出てくる「金剛杵」というのは、勃起した鶏巴（陰茎）のことだ。そして「蓮花」「蓮華」は女陰だ。

〈乳相〉胎児。乳は生む。相は姿・形〈調伏〉心体を調和し欲をなくす。

四五　国民党与営妓より

「軍中楽園」での娼妓との娯楽は、四〇分に限られていた

――四十分鐘、実在包括「娯楽程序表」中「娯楽」「洗滌」「整容」「離室」四程序。所謂「娯楽」包括脱衣和限射精一次的性交、但是常起糾紛。糾紛的標準格式是：妓女不願阿兵哥在她身上進出過久、毎毎在阿兵哥一挿入、她就大揺特揺、她們都是行家、三揺両揺之下、阿兵哥就不支而射、於是「毎人只限娯楽一次」就大功告成。剰下時間、妓女往往要偸時間、売黒市

四〇分というのは「娯楽順序表」の四つの手順「娯楽」「洗滌」「身なりを整える」「離室」のことだ。「娯楽」には脱衣と射精一回の性交が含まれていた。しかし、常にもめごとが起こる。娼妓はゆっくりさせたがらない。兵隊が挿入すると、腰を巧みに大きく揺する。くろうとだから、ちょっと揺すられただけで、兵隊は我慢できなくなり、いってしまう。「娯楽は一回に限る」のだから、これで娼妓は重要な任務を終了したことになる。残った時間をうまく利用して、娼妓は闇取引をするのだ。

李敖は台湾の作家、評論家だ。一九三五年、ハルピン生まれ。一九四九年、台湾に移る。台湾大学文学院歴史学部卒業。一九六二～六五年、文化雑誌「文星」の編集に携わる。著書に『中国命研究』『蔣宋美齢通姦』『観音不男不女』など多数。『中国性研究』は、一九九〇年、李敖出版社（台北）から刊行されている。

目録を見てみよう。

自序、一「易経」中的性交文字、二「戦国策」記性交姿式、三仏経中的性交文字、四且且且且且、

五鶏巴考、六狂童之狂也、鶏巴！、七記「陰茎異常勃起」、八相下部、九従犀牛看屌、一〇中国人的「睾丸情結」、一一柏楊割錯了屌、一二可以人而不如鶏巴乎？、一三従「我是嫖客」到「我是鶏巴」、一四政治与生殖器、一五台湾人与鶏巴、一六謹防被閹、一七長程射精和中国文化、一八長程射精的另一面、一九神仙也要小便的、二〇不随他人説短長、二一生殖器引発的雑感、二二生殖器関係的「積極好処」和「消極好処」、二三不要只抓老二！、二四也也也也、二五陰部攻防戦、二六陰毛的発揚光大、二七剃陰毛的另一用処、二八柏楊替武則天乱倫、二九譲人肏了三百年才復仇嗎？、三〇記清朝後宮、三一頭大・頭大・両頭大、三二屁股・屁股・翹屁股、三三一個性交姿式的建議、三四陸小芬的乳房問題、三五新女性戦歌附答、三六准露奶頭的徳政、三七大義裸体、三八有奶没奶都是娘、三九「好為婦人出脱」、四〇論難養的、四一鞭子纏身可也！、四二王八一落千丈考、四三王八過敏症、四四常妓考、四五国民党与娼妓、四六国民党与「私窩子」、四七国民党「軍中楽園」及其他、四八写在「雛妓哲学家」的後面、四九雛妓問題、五〇国民党与搞屄

〈鶏巴・屌〉陰茎の俗称、ちんぽ〈閹〉男が去勢する〈肏〉性交する〈王八《ワンバア》〉妻を寝とられた男〈私窩子〉私娼窟〈搞屄〉屄は女陰の俗称、おまんこ。搞屄でおまんこをする。

1　一から三は、経典の中で説かれている性交にまつわる話。
2　四から二三は、男性生殖器に関するさまざまな話。
3　二四と二五は、女性生殖器にまつわる話。
4　二六と二七は、陰毛に関する論述。

5　二八から四一は、女性の地位、権利、そして性格に関する論述。
6　四二と四三は、王八思想についての話。
7　四四から五〇は、娼婦と国民党の関係についての論述。
なお『中国性研究』には、拙者抄訳『中国文化とエロス』（東方書店、一九九三。品切れ）がある。

『陰陽・房事・双修』

中国伝統両性養生文化という副題が付いている。不老長生を目指す性交技法「陰陽・房事・双修」について、古代から近代までのさまざまな文献を引用し、自説を交えながら分かりやすく解説した指南書。

著者は郝勤。一九九三年、成都、四川人民出版社から刊行されている。著者の経歴は記されていない。生没年未詳。

郝勤は導言（前書き）でこういっている。

一陰一陽之謂道。在一個長于思弁的民族看来、天上有日月、地下有水火、人間有男女。万事万物無不有陰陽。陰陽之動生万物。陰陽恒動不停、促使宇宙和人類在運動変化中獲得永恒的生命。

陰陽的運動演進――這就是宇宙自然亘古長存的奥秘。観天之道、執天之行。東方的聖哲于是堅信：人類長寿之径、必由陰陽男女入手。陰陽和諧則健康寿考、陰陽不調則患病夭亡。由此、陰陽男女成為中国長寿文化的主題。房中養生文化于是滋生漫衍

一陰一陽、これを道という。思索に長じていた民族はこう考えた。天には日月が、地には水火があり、世の中には男女がいて、万物にはすべて陰陽が備わっている。陰陽の働きで万物は誕生するのだ。陰陽は常に動いてとどまらず、運動変化しながら、宇宙と人類に永遠の生命を獲得させるよう促している。陰陽の運動変化――これは正に大昔からあった宇宙と自然の神秘だと考えたのだ。こうして天の道を眺め、天の運行にとらわれた。人類の長生きの法は、必ず陰陽男女［陰陽を交える性交］で自分のものにできる。陰陽の調和は健康長寿につながり、陰陽の不調和は病気をもたらし、早死にする。だから陰陽男女は中国長生文化の主題になった。

そして房中養生文化がゆっくり浸透していったのだ。

男性は房中養生術で女性から陰の精気を採り、陽の気力を補う。そのためには陰陽男女で、女性の快感の程度をこまかく知り、とことん満足させる必要がある。快感の状態を、「三　丹穴窺幽」の「3竜虎契機」で呉階平主編『性医学』を引用してこう教えている。

女性的性興奮特徴是出現陰道潤滑作用、這是由于陰道壁的血管充血導致液体漏出的結果……女性性興奮期発生的其它生殖器変化包括：陰道内三分之二拡張、子宮頸和子宮体提升、大陰唇伸展。陰蒂雖然還没有真正的勃起、但血管充血作用結果已使陰蒂増大。乳頭竪起是女性興奮期的另一特徴……不管是男性還是女性、興奮期的身体変化既不是持続不変也不総是越来越強的。精神渙散或

体質衰弱很可能減弱集結中的性緊張度、後者是興奮期的一個特徴……在持続期、陰道的外三分之一発生顕著的血管充血、這一反応被称為〝高潮平台〟、充血作用的結果造成陰道口縮窄……女性和男性在持続期的其它変化、包括全身性的肌強直、心動過速、換気過度和血圧升高。這些変化主要見于持続期晩期……女性的性高潮以子宮、高潮平台和肛門括約肌的同時性収縮為特徴。開始時、間隔時間為〇・八秒、以後在強度、持続時間、節律性方面有所減弱。但是、性高潮是一個全身性反応、並不局限于骨盆反応。高潮期間的脳電図測定顕示出大脳優勢半球有顕著変化、波的速率和波形也有顕著改変

　女性の性の興奮の特徴は膣が潤うことだ。これは膣壁の血管が充血し、液がにじみでるからだ……興奮したとき生殖器に起こるその他の変化をまとめると、こうなる。膣が三分の二膨れる。子宮頸と子宮体が持ち上がる。大陰唇が伸びて広がる。陰核は完全に勃起しないが、血管が充血して大きくなる。乳頭が硬くなるのは、女性が興奮したもう一つの特徴だ……男性だろうと女性だろうと、興奮したときの体の変化は、興奮が持続するだけでなく、ますます高まる。気が散ったり、体が衰弱したりしていると、緊張度は弱まる。これは興奮したときの一つの特徴だ。興奮が続くと、膣の外部に血管の充血が三分の一起こる。この反応は高潮平台〔膣前庭の高まり〕といわれ、充血作用の結果、膣口も狭まる……女性と男性の興奮持続で起こるその他の変化は、体が硬直し、脈拍が速くなり、呼吸が荒くなって血圧が上がることだ。これらの変化は、主に興奮の持続が終わる頃に見られる。女性の最高潮の特徴は、子宮、膣前庭、肛門括約筋が同時に収縮することだ。最初は〇・八秒間隔で収縮し、その後、強度と持続時間は一

定のリズムで弱まっていく。しかし、性の最高潮は全身反応で、骨盤に限られたものではない。最高潮時の脳波測定図を見ると、大脳優勢半球［早くから発達した古い皮質・大脳辺縁系］にあきらかな変化が表れ、脳波の速度率と波形も大きく変化している。

男性の勃起についても『性医学』を引用して、詳しく述べられている。女性が男性の陽精を採って陰の気力を補うためには、勃起の状態、持続時間などを知っておく必要があるからだ。男女が相手の陰陽の気を採り、不老長生を目指すのが両性養生文化なのだ。

目録を見ておこう。

『房中術』

四庫全書術数類大全シリーズの一冊だ。術数は陰陽五行の理に基づいて吉凶を占う法、八卦・占卜・風水・奇門遁甲・占星・星命術・房中術・相術（人相占い）など占術のことである。四庫全書には、術数に関する著作が五〇種類含まれている。その中から主な物を選び、シリーズにした一冊がこの書だ。

〈四庫全書〉清、乾隆帝の命で編まれた叢書。三千四百六一種類の文献。

編者は第一章、房中術の源流の冒頭でこう述べている――男女の性生活は性医学、性保健と関係があり、昔はこれを房中術、或は房中養生学、また房中医学とも呼んでいた。房中術は養生学の一部で、古代文化（特に古代医学）の発生と共に発展し、完成された。長い歴史の流れの中で、房中術は私たち民族の増加と繁栄に大いに寄与している。昔から我が国の多くの学者と医者は房中養生の研究に力を注ぎ、房中著作を数多く残してきた。封建的な欠点も含まれているが、論述の大半は充分役に立つ多彩な内容である。

主要文献『素女経』より――黄帝曰：陰陽貴有法乎？　素女曰：臨御女時、先令婦人放手安身、屈両脚、男入其間、銜其口、吮其舌、拊搏其玉茎、撃其門戸東西両傍、如食頃、［食頃：一頓飯的功天。」徐徐内入。玉茎肥大者内寸半、弱小者入一寸、勿揺動之、徐出更入、除百病、勿令四傍洩出。玉茎入玉門、自然生熱、且急、婦人身当自動揺、上与男相得、然後深之、男女百病消滅、浅刺琴絃、入三寸半、当閉口刺之、一二三四五六七八九、因深之、至昆石旁往来、口当婦人口而吸気、行九九之道訖、乃如此

黄帝が尋ねた。「陰陽の交わりは大切だが、方法はあるのか？」素女は答えた。「女と交わるとき、手を離して体をあお向けにし、両脚を曲げさせてその間に入ります。それから接吻して舌を吸い、玉茎を撫でさすりながら女陰の両わきにあてます。しばらく［ご飯を一杯食べるほどの間］してから、徐々に挿入してください。張り切っていたら半寸、いなかったら一寸入れ、激しく動かさずにゆっくり抜いて、また入れます。そうすれば、さまざまな病気［百病］を取り除くことができます。玉茎を玉門に入れると自然に熱くなり、いきそうになってきますが、洩らしてはなりません。女の体はひとりでに動き、男に合わせて持ち上がってきます。そうなってから深く入れると、男女の百病はなくなります。浅く琴絃《きんげん》［膣の中一寸］を突き、それから三寸半入れて口を閉じ、一、二、三、四、五、六、七、八、九回と突きながら、深く入れて昆《こん》石《せき》［中四寸］の辺りまで往き来させるのです。そして終わりに一回深く突き、口を女の口に当てて気を吸う。このように九浅一深の法で行って終わりにしてください」。

〈一寸〉中指の頭から最初の関節まで。〈九浅一深の法〉陰陽の気が一つになる性交法。一深のとき女の息（陰気）を三回吸い込み、陽茎を強める。九×九＝八十一浅、一×九＝九深、合計九十回の抜き差しで終わる。

『房中術』の主編者は劉波と張文。一九九三年、海南出版社（海南省）から出版されている。編者の経歴は紹介されていない。

上篇と下篇に分けられ、上篇では房中術の歴史と内容、下篇では主要文献が紹介されている。房中術と養生学は深い関係があり、単なる性技巧ではなく、気功導引、病気の除去、子嗣（跡継ぎ）、優生などの内容が含まれているのだ。先秦から明、清の時代にわたり、多くの中医学家、道学家そして方術士が研究を重ね、貴重な文献を残している。

目録

第四章　房室養生之法
第一節　房中補益、第二節　行功益腎、第三節　服食益腎、第四節　薬膳益腎。
第五章　性功能障礙
第一節　男子性功能障礙、第二節　女子性功能障礙。
下篇　原著精選
第一章　先秦両漢時期
第一節　先秦諸子論情欲与養生、第二節　馬王堆房中医書、第三節　《黄帝内経》中的房中学論、第四節　両漢時期節欲養生文選。
第二章　魏晋六朝至隋唐時期
第一節　《黄庭経》論守精節欲、第二節　《素女経》（並《玄女経》）、第三節　《抱朴子》、第四節　《御女損益篇》、第五節　孫思邈《房中補益》論、第六節　《玉房秘訣》、第七節　《洞玄子》、第八節　《天地陰陽交歓大楽賦》。
第三章　両宋金元時期
第一節　《婦人良方》論優生与胎教、第二節　《三元延寿参贊書》論房中禁忌、第三節　《格致余論》論房中補益。
第四章　明清時期
第一節　《養生四要》与《広嗣紀要》、第二節　《色欲当知所戒論》、第三節　《食色紳言・男女紳言》、第四節　《摂生総要》《房中奇書》、第五節　《房中煉己捷要》五字妙訣。

『中国古今性医学大観』

昔から現代に至る性医学の研究成果を、多くの資料を使い、科学的な観点に基づき、分かりやすくまとめた書だ。内容は豊富で、性心理、性生理、性反応、性過程、性保健から房室養生の知識、更に性機能障害、性疾病の予防と治療、不妊治療、優生と胎教の知識にまで及んでいる。

編著者は陳和亮。男性医学の修士、珠海中医院に勤務。中華国際医学交流基金会にある中医中西医統合男性学基金会委員。著作に『〈医心方〉男科奇覧』『男性養生掲秘』等がある。生没年未詳。

『中国古今性医学大観』は、一九九四年、北京、中国中医薬出版社から刊行されている。

目録

導言

第一章　春秋戦国到秦漢時期

一倡導性教育、二《漢書・芸文志》関于〝房中〟及其著作的載述、三《山海経》《神農本草経》対性薬学的貢献、四馬王堆帛簡医書対性医学的研究、五《内経》在性生理及病因病理方面的貢献、六《傷寒雑病論》的臨症論治載述。

第二章　晋隋唐時期

一有関《経籍志》所載録的諸家性医学著作、二葛洪《抱朴子》対性事養生的見解、三《褚氏遺書》関于婚嫁、生育的認識、四《諸病源候論》対病因病機的闡発、五《千金要方》在理論与臨床方面的貢献、六《外台秘要》的衆多治療方薬、七《医心方》集唐以前性医学之大成、八其它性医学専著的貢献――《素女経》《玉房秘訣》《玉房指要》《洞玄子》《素女方》。

第三章　宋金元時期

一宋代理学対性医学発展的影響、二三大方書的医方彙粋――《太平聖恵方》《太平恵民和剤局方》《聖済総録》、三其它方書医籍的論治貢献――《婦人大全良方》《澹寮集験方》《御薬院方》、四《三元延寿参賛書》在性生理与性事養生方面的貢献、五金元四大家的貢献――劉完素・張従正・李東垣・朱震亨。

第四章　明清時期

一性医学専著介紹――《広嗣要語》《医学正印種子編》《種子方剖》《陽痿論》、二重要医著的性医学思想――《万氏家伝広嗣紀要》《遵生八箋》《摂生要義》《広嗣全訣》《景岳全書》《弁証録》《長生秘訣》《婦科玉尺》《仁寿鏡》《賽金丹》《験方新編》《養生秘旨》、三其它医家的性学思想。

第五章　現代研究進展

一理論探討、二臨床及実験研究的結合、三臨床論治研究的深入、四中医薬治療艾滋病研究。

第六章　有関性医学名篇選読

一《養生保命録》論好色之害、二《金玉全書》戒淫十箴、三歴代非医籍性医学別録。

導言（前書き）にこう記されている。

「飲食男女は人の大欲だ」と『礼記《らいき》』に書かれている。性欲は本能で、人類には回避できない問題だ。性と生育繁殖は必然的な関係にあり、古代、封建社会の中国でも「不孝には三つあり、子がないのが最大だ」といわれていたから、当時の医家、陰陽家、房中家も性の研究を重視していた。一九八八年三月一六日付『人民日報』は、新疆で三千年前の珍しい生殖崇拝大型岩絵が見つかったと報じている。生殖器がはっきり描かれ、性交動作をしている絵で、大昔、既に性行為や生殖について探究されていたことが分かる。

《『礼記』》五経の一つ。儒家の礼法や文化風習をまとめた論文集。

第六章　有関性医学名篇選読より――

一《養生保命録》論好色之害。

1　色淫之別。遠色編云：色、正色；妻妾謂之色；非妻妾謂之淫。妻妾之奉、雖非邪淫、亦宜能遠、方始有節。節者、如竹木之節、限而不過之意。近則無節、無節則好之。廃事失業、醸疾亡身、禍莫大焉。首重遠色、戒其近也。遠則不好之。不好則有節、心可漸清、意可漸淡。以礼自防、不敢貪鷲者。清之本也。知色殺人、自覚胆寒者、淡之原也。細繹遠字、可以養生保命矣

1　色と淫の違い。遠色編はこういっている。色は正しい。妻妾を相手にするのを色という。妻妾と異なる相手なら淫だ。妻妾に奉仕することは邪淫ではない。しかし、同時に適度に遠ざけることができたら、節度が保てる。節度は竹や木の節のようなもので、法《のり》を越えてないという意味だ。近づきすぎたら節度がなくなり、はまり込んでしまう。何もしなくなり、仕事をなくして体がだんだんおかしくなり、身を亡ぼす。これほど大きな禍いはない。色から遠ざかり、

近づきすぎず、遠ざけて夢中にならないのが一番だ。そうすれば節度が保て、心も落ち着き、色欲も湧かなくなって心がすっきりする。礼を保って自らを守り、欲に溺れない。これが、心がすっきりする元だ。色は人を殺すことが分かったら、身の毛がよだち、夢中になれなくなる。遠という字の意味をよく理解できたら、養生して命を大切にするようになる。

2　好色必不寿――色是少年第一関。此関打不過、任他高才絶学、都不得力。蓋万事以身為本、血肉之軀、所以能長有者、曰精、曰気、曰血。血為陰、気為陽。陰陽之所凝結為精。精含乎骨髄、上通髄海、下通尾閭、人身之至宝也

2　好色は命を縮める――色は若者の第一関門だ。これを突破しないと、たとえどんなに優れた才能があっても役立てることはできない。なぜかといえば、何事にも血が通《かよ》っている体が元になるからだ。だから、長生きできる者には精・気・血がある。血は陰、気は陽で、陰と陽が一つになったものが精だ。精は骨髄の中にあり、上は髄海《ずいかい》［脳味噌］、下は尾閭《びりょ》［背骨の下端部］にまで達している人体の宝だ。

『中国当代性文化（精華本）』

中国両万例『性文明』調査報告という副題が付いている。キンゼイ報告、中国版だ。中学・高校生

と大学生、合わせて二万人の性意識、性行為など性に関係のある事柄が調査されている。また夫婦の愛情と性行為、更に性犯罪や売春にも調査は及び、多くの図表が入っている。

〈キンゼイ報告〉米国の動物学者キンゼイ（A.C.Kinsey）が全米の男女を対象に行った性行動に関する調査報告書。一九四八年に男性編、五三年に女性編が発表されている。

主編　劉達臨、特約主編　呉敏倫、副主編　仇立平、顧問　E・J・黒伯楽。一九九五年、上海三聯書店から発刊。

呉敏倫は香港大学教授、英国皇室医科大学アカデミー会員。E・J・黒伯楽（Erwin J. Haeberle）はエイズ病専門学者。両者とも国際的に著名な性学者。劉達臨と仇立平の紹介はない。

劉達臨は一九九四年八月に書いた序言でこう言っている——一九九二年八月『中国当代性文化・全国二万例〝性文明〟調査報告』を出版すると、国内外で大きな反響があった。米国の『タイムズ』週刊誌やその他の海外の新聞・雑誌も、中国版キンゼイ報告だと伝えた。香港の『大公報』は「中国性科学の礎《いしずえ》になる書」という題で、評論を発表した。全国人民代表大会副委員長、呉階平教授は、私にこんな手紙をよこした。「著書を拝見しました。価値ある作品だと思います……我が国の性文化研究の基礎になる偉大な書が出版されたことは、我が国にとって必要なだけでなく、世界全体にとっても意義深いものがあります」更に特記しておきたいことは、調査をまとめたこの本によって、私は一九九四年八月、ベルリンでM. Hirschfeld国際性学大賞を受賞した。

目録はこうなっている。

序　F・J・黒伯楽、序　呉敏倫、精華本序言　劉達臨。

中国〝性文明〟調査与《金西報告》
　第一章　這個調査是怎樣進行的
　第二章　中学生与性
第一節　概況、第二節　性生理発育、第三節　性意識的発展、第四節　異性交往与早恋、第五節　早期性行為、第六節　社会環境和中学生的性問題、第七節　性教育。
　第三章　大学生与性
第一節　概況、第二節　性生理発育、第三節　性心理、第四節　性行為、第五節　性知識和性教育、第六節　性観念。
　第四章　夫妻関係和夫妻性生活
第一節　概況、第二節　婚姻和愛情、第三節　已婚者的性行為、第四節　女子的性権利、第五節　夫妻対性生活質量的感受、第六節　婚姻的変異。
　第五章　性罪錯
第一節　概況、第二節　性罪錯的内容、第三節　性発育和性経験、第四節　家庭和婚姻、第五節　性知識和性観念、第六節　業余生活和〝社会場〟、第七節　売淫、第八節　新生之路。
　第六章　対比研究
　後記　劉達臨
第二章　中学生与性の第五節　早期性行為より。
一　手淫　――手淫是人們用手或外物刺激動情而獲得性快感的一種行為。二十世紀四十年代、現代

217　『中国当代性文化（精華本）』

性科学創始人之一的金西教授対一万七千人進行了史無前例的大規模性調査、発現手淫在青少年和未婚成人中是一種非常普遍的現象。他発表的資料証実：美国有手淫史的男性九十二％至九十七％、女性占五十五％至六十八％。但是在我国、已獲得的統計数据遠比国外報道的有関数拠要低。〝性文明〟調査的結果表明、在回答該問題的五千六百三十六人中、自我報告有手淫行為的有四百八十八人、占八・七％；没有的有三千五百六十六人、占六十三・三％；不知道的有一千五百八十二人、占二十八・一％。其中、男中学生有三百五十九人（占十二・五％）自我報告有手淫史；女中学生有百二十九人（占四・七％）自我報告有手淫史

手淫は手、或は他の物で刺激して興奮させ、性的快感を得る行為だ。二〇世紀四〇年代、現代性科学の創始者の一人、キンゼイ教授は一万七〇〇〇人に対し、史上例のない大規模な調査を行い、手淫は青少年と未婚成人の間では、ごく普通の現象だということが判明した。彼は資料を発表して実証したのだ。アメリカの手淫経験者は、男性は九二％乃至九七％、女性は五五％乃至六八％を占めている。しかし我が国、中国では、これまでに得た統計数は海外の報道数よりはるかに低い。『性文明』調査の結果が明白に示しているように、この問題に回答した五六三六人中、手淫をしていると答えた者は四八八人で八・七％。また、していないと答えた者は三五六六人で六三・三％、そして知らないと答えた者は一五八二人で二八・一％を占めている。更に、した経験があると回答した者では、男子中学・高校生が三五九人、女子中学・高校生が一二九人になっている。

第四章　夫妻関係和夫妻性生活、第三節　已婚者的性行為（老年人的性生活）より

——実際上、老年人的性問題在五十歳以後就逐漸表現出来了、那麼就要占到性生活期的二分之一左右了。現代中国社会由于物質条件、医療条件以及其他条件的改善、人的平均寿命普遍延長、死亡率降低、因此老年人在総人口中的比率逐漸増加、在這種情況下、老年人的生活、包括性生活更加値得重視

実際、高齢者の性問題は五〇歳以後徐々に起り、性生活期間の約半分を占めている。現代の中国社会は物質、医療、その他の条件が改善されて平均寿命が伸び、死亡率も低下したから、高齢者の比率は総人口の中で高まっている。このような情況の中で、高齢者の生活は性生活も含め、一層重視されるようになっている。

〈性生活期間〉二五歳で結婚、七五歳で死亡と想定されている。

おわりに

大木康先生（東京大学東洋文化研究所）から、『東方』（令和元年、五月号、東方書店）の書評で、『中国艶書大全』にまとめられた性愛文献の紹介は、これまで中国語学習者が手をつけていなかった新しい分野だと、おほめの言葉をいただいた。

『中国艶書大全』に紹介した約五〇冊の本は、小説と詩だった。それで今回は房中術の本を取り上げることにした。これで中国の性愛文献の大半は紹介したことになる。

『中国艶書大全』の「おわりに」で話したように、この本の性愛文献も衝動買いをした本の中にあったものだ。

そしてまた、大木康先生も含め、井芹貞夫氏、加地伸行氏、神崎勇夫氏、川崎道雄氏、それから山本實氏とのご縁がなかったら、この本は生まれていなかった。厚く感謝したい。

令和元年　秋

土屋　英明

土屋英明（つちや　えいめい）

1935年兵庫県西宮《にしのみや》で生まれる。

本名、蓑和田 明。

早稲田大学文学部卒。井芹中国語講習会で学ぶ。62歳で映像制作会社を退社後、文筆の仕事を始める。中国の文化と文学を研究。

著訳書 『中国艶書大全』（研文出版）、『中国文化とエロス』訳（東方書店）、『中国艶本大全』（文春新書）、『中国艶妖譚』、『秘本一片の情・艶情夜話』訳、『金瓶梅』上・下編訳、『続金瓶梅』編訳（以上徳間文庫）など。

続 中国艶書大全

2019年12月 3 日初版第 1 刷印刷
2019年12月10日初版第 1 刷発行

定価［本体2400円＋税］

著　者　土 屋　英 明
発行者　山 本　實
発行所　研 文 出 版（山本書店出版部）
東京都千代田区神田神保町 2-7
〒101-0051　TEL 03-3261-9337
FAX 03-3261-6276
印刷・製本　モリモト印刷
カバー印刷　ライトラボ

ISBN978-4-87636-449-7